Die Uhr läuft pausenlos weiter

Kathrin Böhmert

erblickte im Januar 1964 als Carmen Kathrin Brand in Zeitz das Licht der Welt. Ihre Kindheit und Jugend erlebte sie im „schönsten Dorf der Welt" Droyßig. Schon während der Schulzeit galt ihr Interesse der Deutschen Sprache und Literatur. Animiert durch ihre Deutschlehrer nahm sie erfolgreich an Rezitatorenwettstreiten teil und besuchte den damaligen Literaturzirkel einer Nachbargemeinde, später in der Kreisstadt. Doch durch Lehre, Beruf und Familie rückte die Schreiberei eher in den Hintergrund. Erst Ende der 90er Jahre erfüllte sie sich einen persönlichen Traum und erwarb sich literarische Grundlagen durch das Fernstudium Belletristik an der Axel-Anderson-Akademie Hamburg. Teilnahme an Gedichtwettbewerben folgte und die erste Veröffentlichung in der Anthologie der Nationalbibliothek des deutschsprachigen Gedichtes.

Gabriele Pohler

wurde ebenfalls im Januar 1964 in Zeitz geboren. Schon während ihrer Schulzeit frönte sie ihr Hobby, die Malerei. Erste Bleistiftzeichnungen von Tierportraits zeugten von ihrem Talent. Durch ihre Arbeit mit behinderten Menschen, sie ist Fachschwester für Neurologie und Psychatrie, wurde ihre Kreativität gefordert und gefördert. Heute umfasst das Spektrum ihres Schaffens neben Öl- und Aquarellbildern auch Holzschnitzarbeiten, kleinere Arbeiten mit Ton und das Fertigung von Figuren aus Speckstein und Gasbeton.

2002 lernten sich beide Frauen näher kennen. Gabriele fungierte als erste Kritikerin für ihre Freundin und „drängte" sie schließlich zur Veröffentlichung ihrer während und vor dem Fernstudium entstandenen Werke. Die im Buch veröffentlichen Bilder wurden von ihr überwiegend eigens dafür gemalt.

Kathrin Böhmert

Die Uhr läuft pausenlos weiter

Gedichte und Kurzgeschichten

Bibliografische Information der Deutschen Bibliothek:
Die Deutsche Bibliothek verzeichnet diese Publikation in der Deutschen
Nationalbibliografie; detaillierte Daten sind im Internet über
<http://dnb.ddb.de> abrufbar.

Herstellung und Verlag: Books on Demand GmbH, Norderstedt
ISBN 3-8334-3446-5

Inhalt

Vorwort

Dieses Buch ist all jenen gewidmet, die an mich glaubten, mir Mut zur Veröffentlichung zusprachen und als offene, faire Kritiker zur Seite standen.

Viele hier niedergeschriebene Worte stammen aus einer Zeit der schüchternen und unsicheren Anfänge und aus der Lernphase des Fernstudiums. Einige Jahre sind seit dem vergangen. Manch Ausdrucksweise hätte ich heute gewiss anders gewählt, aber vielleicht sind gerade die Weiterentwicklung der Sichtweise und des Schreibstiles Anlass für mich gewesen, Altes nicht zu negieren.

Ein kluger Mensch äußerte einmal: „Man wächst mit seinen Aufgaben."

Vielleicht kann ich durch diese Veröffentlichung andere „Hobbyschreiber" animieren, Vertrauen zu sich selbst zu finden und zu schreiben, zu schreiben, zu schreiben…

Irgendwann fragte mich jemand: „Wer liest denn heutzutage noch?"

Bei reeller Betrachtung eine berechtigte Frage. Moderne Kommunikationsmedien fördern nicht unbedingt die Lesefreudigkeit.

Ich musste mich eines Besseren belehren lassen. Der Griff zum Buch ist auch heute nichts Außergewöhnliches. In allen Lebenslagen, Alters- und Gesellschaftsschichten findet man Bücherwürmer. Als oberflächlich abgestempelte „Intellektuelle" werden mit einem Buch unterm Arm nicht mehr belächelt. Sogenannte leichte Literatur und Anspruchsvolles gehört in der Zwischenzeit nicht nur beim weiblichen Publikum zur Standartausrüstung der Wohnzimmerregale.

Tendenz steigend.

Eigentlich habe ich früher nur für mich geschrieben. Emotionen in geschriebene Worte verpackt, half bei Verarbeitung von Geschehnissen.

Erst als sich teilweise Dritte beim Durchlesen dieser Schreiberei in meinen Worten wiederfanden, angesprochen fühlten und bestätigten, dass einige Niederschriften sie berührten, forcierte ich mein Hobby.

In diesem Buch befinden sich auch Gedichte, die einst eigens für bestimmte Personen meines Freundes-, Bekannten- und Verwandtenkreises verfasst wurden. Dass sie heute in gebundener Form erhältlich sind, soll mein Dankeschön an alle sein.

Ein Dankeschön für eine erlebnisreiche Zeit, für Glücksmomente, aber auch weniger schöne Augenblicke. Alles hat mich reifen und wachsen lassen.

Ohne diese Menschen wäre meine Welt viel kleiner.

Besonderer Dank gilt meiner Tochter Dana, meinen Eltern und meiner Freundin Gabi Pohler, die es tatsächlich geschafft haben, mich so weit voran zu treiben, dass dieses Buch keine Zukunftsvision ist und jeder auf seine Art seinen Anteil dazu beitrug.

Kathrin Böhmert

Die Uhr läuft ...

ihr Ticken schallt überlaut durch drohende Stille.
Eisige Klauen konnten ihren Ton nicht dämpfen,
modrige Anziehungskraft erlag dem Drang nach Freiheit.
Das Phänomen Zeit überrennt mich ungewollt
und schlägt mir die Faust ins Gesicht.
Diese Definition missfällt mir!
Hier rinnt sie mir wie roter Sand durch die Finger.
Nichts kann ich aufhalten, nichts dagegen tun!

Leben zieht vorbei- sinnlos vertanes,
ohne dem Sonnenstrahl zu folgen,
ohne den Regentropfen zu fangen,
ohne ein Lächeln zu erhalten,
das meine Seele wärmt.

Gedankenfetzen zerfressen mein Hirn.
Logische Ordnung weicht dem verheerendem Chaos.
Der stille Schrei wird lauter.

Ich will hier raus!

Sonderbar –
Deine Augen weisen mir den Weg.

In mir

Ich könnte schreien
und bin doch still.
Ich lache,
obwohl mir zum weinen ist.
Manchmal hab ich das Gefühl,
dass man mich vergisst.

Ich bin mit Freunden zusammen
und doch allein.
Ich singe,
obwohl ich taurig bin;

Warum muss das alles so sein?
Hat das alles einen Sinn?

Wer bin ich?

Weißt du, wer ich war?
Weißt du, wer ich bin?
Weißt du, was ich will?
Weißt du, was ich fühl?

Ein Tautropfen am Gras,
geweckt durch wärmende Strahlen.
Die Sonne hebt ihn auf
und trägt ihn empor zum Himmel.
Leicht ist er, kann plötzlich fliegen….
Um sich dann in Nichts aufzulösen?
In Nichts?
Doch – er ist noch da
Und immer wenn die Sehnsucht wächst,
fällt er herab.
Regentropfen streicheln sacht den Boden,
rinnen über dein Gesicht…..
Das bin ich!

Eindrücke- Empfindungen

Dunkelheit, Lichtspiele, Kerzenwachs, Musik, Wein und Zigaretten, stickende Luft, unerträgliche Stille, Traurigkeit, Tränen, Hilflosigkeit, Liebe, Sorge, Mitleid, wortloser Trost, Nähe, Wärme, Sehnsucht, Hände, Ausstrahlung, schützende Mauern, eisiges Schweigen, Geborgenheit, gehen und bedingungslose Rückkehr, Träume, Erinnerungen, Schauer, gespenstische Schatten, Fragen, Vertrauen, Wünsche, Opferbereitschaft, unfeiger Hass, Extreme, Spiel der Sinne, Beobachtung und gespieltes Wegschauen, Distanz und doch Verbundenheit, eingesperrte Gefühle, brennende Herzen, müde Augen, unregelmäßiges Atmen, stilles Weinen, Nachdenklichkeit, zielloses Starren, geben und nehmen, lieben und leiden, verstehen, Rücksicht, Vorsicht, Nachsicht, Einsicht, Weitsicht, zaghaftes Streicheln, unausgesprochene Worte, sanfte Züge, Frieden, Schönheit, flackernde Momente, Freunde, Leben, Tod, irren, vergeben und vergessen, verzeihen, Zukunft, fallen und selbständig aufstehen, Lust, Zärtlichkeit, Regentropfen, Wahrheit und Lüge, Fantasie und Realität, Wissen und Glaube, Verständnis, Schmerz, Beweggründe, Abgründe, Eintritt in die Seele, Herz, Verstand...

Theater

Das Leben verliert sich in drohender Dunkelheit.
Hinter sicheren Mauern schließt sich der Vorhang.
Demaskierung
Gespielte Rollen ernteten Applaus,
doch der Spiegel erkennt aufgesetztes Lachen.
Genormte Zuneigung gaukelt die perfekte Welt,
doch die Seele spricht eine andere Sprache.
Hinkende Moral bestimmt das Leben,
doch das Innere fühlt sich entwurzelt.

Kerzenlicht
Die kleine Flamme wirft tanzende Schatten auf dein Gesicht.
Als einziger Zuschauer verfolgst du das Szenario der Nacht –
mit offenen Augen hinter die fallenden Masken,
frei vom vorgeschriebenen Drehbuch des Alltags…..

Nach dem Kaffee am Morgen beginnt das alte Schauspiel erneut!

Fragen an dich

Weißt du wie hoch ein Adler kreist?
Nahe den Wolken und doch so weit von der Sonne entfernt.
Leicht wirkt sein Flug.
Riesige Schwingen lassen ihn fast schwerelos gleiten.
Ein Herr der Lüfte.
Gigantisch anzuschau'n, atemberaubend und faszinierend schön.

Weißt du wie anmutig Leoparden schreiten?
Durch unendliche Weiten bis zum Horizont.
Kraftvoll ist ihr Spurt.
Ihr Fell glänzt seidig weich und funkelnde Augen beobachten gnadenlos.
Ein Meister an Grazie
Unglaublich schnell, dynamisch und doch meist allein.

Weißt du wie viele Wasser fließen?
Tausend Wege suchend durch das Herz der Welt.
Unwiderstehlich, magisch ihre Anziehungskraft.
Tausend Schleier stieben im brausenden Wind.
Weiße Gischt umspült alles, was sich mitreißen lässt.
Das Instrument der Klänge.
Bäumen und unterwerfen, zersprühen und sich sammeln zu kristallklarer
Ewigkeit.

Weißt du wo die Seele eines Menschen wohnt?
Allgegenwärtig und unbegreiflich für den Verstand.
Sehnsucht, Träume, Hoffnung und Gefühle.
Das, was von uns bleibt, wenn eisige Kälte das Leben lähmt.
Das kostbarste Vermächtnis; die Spur eines Menschen,
die seine Liebe in unseren Herzen hinterlässt…..
    Ich liebe!

Gedankenverloren

Es trieben mich davon unendliche Winde
in ein Traumland der Hoffnung, der Fantasie.

Ich fühlte mich nochmals auf dem Weg zum Kinde,
Illussionen und Träume, ich vermisste sie.

Ich schwebte im Sinnbild der Vergangenheit,
umhüllt von Sehnsucht und Rausch.

Ich dachte an längst vergangene Zeit
und bot die jetzige zum Tausch.

Doch als ich erwachte, sah ich verwundert drein,
das Neue, Unentdeckte ist auch sehr schön!

Wie konnte ich nur so törricht sein
und durch Schleier die Zukunft fast nicht sehn?

Ich höre einen Blues für dich

Immer wenn ich traurig bin,
immer wenn meine Seele weint,
immer wenn mein Herz droht zu brechen,
immer dann suche ich Trost in der Musik;

ich höre einen Blues für dich

Immer wenn ich keine Antwort mehr weiß,
immer wenn die Sehnsucht wächst,
immer wenn das Schwache in mir das Starke besiegt,
immer dann suche ich Trost in der Musik;

ich höre einen Blues für dich

Immer wenn ich am Abgrund stehe,
immer wenn der Scherbenhaufen wächst,
immer wenn du nicht mehr für mich da bist,
immer dann suche ich Trost in der Musik;

ich höre einen Blues für dich

Immer wenn ich meine roten Augen im Spiegel seh,
immer wenn ich hoffe, es wird mir bald besser gehen,
immer wenn die Angst wächst, dich zu verliern,
immer dann suche ich Trost in der Musik;

ich höre einen Blues für dich

Dann:

Ich seh dich vor mir stehn.
Ich sehe deinen lachenden Augen.
Ich fühle, wie mein Herz brennt,
und:

ich höre den Blues mit dir.

Ausgelaugt

Müde bist du.
Von der Straße des Lebens geprägt.
Es war ein kurzer steiler Weg.
Er hinterlies Spuren an deinen Füßen:
Schürfwunden vielleicht?

Müde bist du.
Der Rhythmus deines Verstandes bestimmt das Tun.
Ausgefahrene Gleise verhindern ein Weitergehen.
Die Kraft der Sonne lässt nach:
Ist sie von Wolken verhangen?

Müde bist du.
Der Wind treibt dir Sand in die Augen,
obwohl er dein Gesicht auch streichelt.
Tut er dir weh?
Ist er stärker als du?

Bitte um Antwort

Wie weit ist der Weg zwischen Gewohnheit und Mitleid?
Wie groß ist der Unterschied zwischen Lust und Leidenschaft?
Wie viele Welten liegen zwischen „blau" und „piment"?
Wie tief ist der Schnitt zwischen Verlangen und Nehmen?
Wie viel Zeit vergeht zwischen „himmelhoch jauchzend" und „zu Tode betrübt"?
Wie gravierend ist der Unterschied zwischen Abenteuer und innerlicher Zufriedenheit?
Was ist verliebt sein?
Was ist Liebe?

Kleine Momente

Es sind die kleinen Momente im Leben, die im Gedächtnis bleiben:

Der Pralinenkasten im Kofferraum, der für Überraschung sorgt.
Erstes Nachtgespräch, zur Verwunderung über kulinarische Genüsse.
Ein Kuß, der Seelen verbindet.
Regentropfen im Haar, die es noch seidiger glänzen lassen.
Lange Spaziergänge, die Energien freisetzen.
Ein „ja", das für die Unendlichkeit spricht.
Neues Leben im Arm, das so zerbrechlich wirkt.
Erste Schritte an einer starken Hand, die den rechten Weg zeigt.
Stilles Verharren am Meer, um die endlose Weite zu spüren.
Herzliche Umarmungen, die Geborgenheit vermitteln.
Ein Lachen, dass ansteckt.
Berührungen, die den Körper erschaudern lassen.
Faszinierende Augen, die Ängste verraten.
Tränen, die zu Eis erfrieren….

Kleine Momente für die große Ewigkeit.
Jeder einzelne ein Puzzleteil des Lebens.
Kleine Momente- unwiederbringlich und doch so nah.

Ich wünsche dir viele dieser kleinen Momente, auch wenn sie schnell entfliehen.
Es sind Dinge, die in kalten Nächten Schutz und Decke sind.
Es sind Dinge die Glück und Sehnsucht verkörpern.
Es sind Dinge, die als Erinnerung das Leben bereichern.

Ich wünsche dir jede Menge bereichertes Leben, jede Menge Glück und jede Menge Courage, dein Leben zu meistern.

Vergangenheit, Gegenwart und Zukunft

Irgendwie war ich erschrocken vor mir selbst
Irgendwo hatte ich verlernt, ich selbst zu sein
Irgendwann standest du vor mir und hast alles geändert
Irgendwie warst du anders, und doch so gleich
Irgendwo hast du genau den Nerv getroffen
Irgendwann fand ich mich in dir
Irgendwie hat der Mut alle Zweifel vertrieben
Irgendwo war die Macht des Vertrauens
Irgendwann kannten Worte kein Tabu
Irgendwie waren wir teuflisch verbunden
Irgendwo ist alles grenzenlos
Irgendwann werden wir zusammen lachen
Irgendwie, irgendwann und irgendwo ist alles Vergangenheit.

Traumreise zu dir

Ich fühlte mich leer und aufgebraucht,
der Alltag hatte mich eingeholt,
alte Träume waren verblasst
und Neue noch nicht gereift.

Alte Briefe wurden längst verbrannt,
Erinnerungen im Gedächtnis gespeichert,
Gefühle gezügelt und Sehnsucht gebannt.
Das ist unsagbar schwer.

Manchmal wünsche ich mir, frei zu sein.
Ein Vogel, der am blauen Himmel fliegt.
Manchmal wünsche ich mir stark zu sein,
ein Amboss, der den Schlag besiegt.
Manchmal wünsche ich mir klug zu sein,
um zu verstehen alles Tun.
Manchmal wünsche ich mir klein zu sein,
um mich an deiner Schulter auszuruhen.
Manchmal träume ich mich fort von hier,
einfach reisen bis zum Mond.
Manchmal träume ich mich dann zu dir,
weil dieser Tripp sich für mich lohnt.
Manchmal träume ich und hoffe auch,
dass irgendwann wird alles wahr.
Manchmal weiß ich dann im Stillen auch,
du bist die Rettung aus jeglicher Gefahr.

Ich habe keine Angst mehr....

-einfach nur Gedankengänge-

Ich konnte meinen Kopf an deine Schulter lehnen -
Ich spürte den Druck deiner Hand -
ich wusste, ich bin nicht mehr allein!

Zeit-
jeder redet von Zeit nehmen, vorallem für sich selbst!

Es nervt mich, hier zu sitzen, zu lesen, zu denken, zu dösen-
hier ist so viel Zeit für mich.
Ich merke, dieser Zustand der Ruhe bekommt mir nicht.
Ich habe das Gefühl, ich höre auf zu leben!

Es geht so verdammt schnell und man steht vor einem schwarzen
Loch-
nur ein kleiner Schritt...
Mich würden Vorwürfe quälen, wenn ich im Fallen begriffen merke,
nicht jede kleinste Faser Leben ausgekostet zu haben;
ganz allein für mich Dinge erfahren, die mir gut tun,
auch mal weh tun lassen-
einfach nur leben!

Viele Ratschläge sind wohl gut gemeint,
aber wo bleibe ich dabei?

Ich möchte nicht immer vernünftig sein!

Dein Gesicht

Ein Bild von einem Maler,
der jeden Pinselstrich aus Liebe zog.
Die schmalen Lippen,
um die ein ständiges Lächeln liegt.
Die kleine Nase,
die dem Gesicht einen kecken Ausdruck gibt.
Die klugen braunen Augen,
in denen man Freude und Leid abliest.

Dein Gesicht,
ich schaue gern hinein.
Ich könnte ohne diesen Anblick
einfach nicht mehr glücklich sein.

Begegnung mit mir selbst

Fabelhafte Welt der Zufälle:
Irgendwo im Alltag,
im Grau des Tages fast verhüllt,
eingeschnürte Gedanken fressen sich frei,
um in Bruchteilen eines Momentes zu fliehen.

Begegnung: sehen, erkennen.....
Abtastung mit Blicken.
Keine Zaghaftigkeit, keine Scheu.
Der Blick in den Spiegel verrät:
Ich bin schon hier

Lachen erstickt die Stille.
Es trägt ein Echo.
Es schallt zurück.
Der Ton ist Gleichklang; Harmonie.

Berührungen

Mit Gedanken die Situation abtasten
Die Augen streicheln das Gesicht gegenüber
Die Hand sucht den direkten Kontakt

Erste Schritte auf dem Weg zum eigenen „ich"

Worte treffen das Herz.
Gesten schleichen sich sacht zur Seele.
Träume und Wünsche berühren sich.

Zweiter Schritt zur Überwindung der Angst.

Lippen finden sich zaghaft.
Körper schmiegen aneinander.
Fremde vertraute Haut wärmt.

Endziel der Reise:
Berührungen für die Ewigkeit.

Zu hause

Glutrote Sonne am Horizont.
Welten verschwimmen im glänzenden Licht.
Wunder geschehen in einsamer Stille.

Ich höre die leisen Töne in deiner Seele
und sehe in die unendlichen Weiten deiner Augen.
Deine Gedanken wandern auf der großen Straße des Lebens.
Du träumst.
Vielleicht ist das der Anfang von Wirklichkeit?

Ich ahne deine Angst.
Du gleichst einem Vogel, dem die Flügel nicht tragen wollen.
Sehnsucht treibt ihn in das Blau des Himmels,
doch starker Wind wirft ihn zurück.

Irgendwo ist eine Hand, die dich halten wird!
Irgendjemand führt dich durch das Dunkel der Nacht.
Der Horizont ist noch lange nicht das Ende der Welt!

Die Wellen des Ozeans glätten sich nach jedem Sturm!
Die versunkene Sonne im Meer taucht immer wieder auf!
Das Eis wird schmelzen!
Dann bist du zuhause,
zuhause bei dem Menschen, der dich liebt!

Daheim

Stille, die nicht lähmt
Nähe, die nicht einengt
Worte, die nichts fordern
Gesten, die nicht Unbehagen provozieren
Berührungen, die nicht an Grenzen erinnern
Lachen, das ansteckt
Träume, die anspornen
Gefühle, die Ewigkeit erkennen lassen
Ruhe, die verbindet
Seele, die Gleichklang spricht
Harmonie, die fesselt
Augen, die reden
Hände, die Spuren hinterlassen

Daheim – bei dir

Enthüllung im Gespräch

Gedanken wirbeln im Kreis.
Leise Worte durchbrechen die Stille.
Die Dämmerung lässt dein Anglitz verschwimmen.
Ich könnte dir ewig zuhörn.

Fragen suchen nach Antwort,
unsichere Gesten nach Verständnis.
Alles andere schein so weit;
hier waren nur du und ich.

Zur ganzen Wahrheit fehlt noch ein kleines Stück.
Das Puzzle setzt sich langsam doch zusammen.
Deinen Mut belohntest du dir selbst-

Jetzt kannst du wieder lachen!

Puzzleteile

Zwei Tage waren schon vergangen ohne mehr als fünf Sätze mit Sabine gewechselt zu haben. Ständig war sie unterwegs.

Ich neigte dazu, sie mit einem Wirbelwind zu vergleichen; überall und nirgends anzutreffen, nie lange verharrend.

Als ich über meiner angehäuften Arbeit am Schreibtisch saß, musste ich unwillkürlich an sie denken. Wir hatten uns in einem sehr kurzen Zeitraum kennen und schätzen gelernt. Meine neue Freundin war gleichzeitig meine neue Kollegin. Freie Zeit verbrachten wir gelegentlich gemeinsam, redeten über Gott und die Welt und konnten herzhaft zusammen lachen. Sofort kamen mir ihre funkelnden Augen in den Sinn.

Beim heutigen Abschied wünschte sie mir spitzbübig noch viel Spaß.

Überstunden könne sie heute gar nicht gebrauchen, und verschwand spurlos.

Der Schreck saß mir noch in allen Gliedern, als urplötzlich die Tür aufging und Sabine so ganz unvorbereitet hereintrat.

„Störe ich?", wollte sie schüchtern wissen.

Dies war bestimmt nicht der Fall, und mein kurzes noch zittrig klingendes: „Nö, absolut nicht", verlor sich, als die Tür ins Schloß fiel.

Sekundenlang war alles still. Unsere Blicke trafen sich.

„Weißt du, das Puzzleteil, welches dir zu meinem Leben noch fehlt....", sie hielt inne und suchte nach einer besseren Erklärung, „ich habe die ganze Zeit darüber nachgedacht, ob ich dir helfe, es einzufügen."

„Du musst mir gar nichts erzählen, was du nicht willst!"

„Naja, es ist nicht so einfach, das zu erklären."

Dieses kleine Wort „naja" klang aus ihrem Munde ganz anders, als ich es sonst gewohnt war zu hören. Sie sprach es sehr langgezogen, als verberge sie dahinter eine Art Unsicherheit.

„Kannst du dich noch an unser erstes längeres Gespräch erinnern und daran, dass ich dir einige Fragen nicht beantwortet habe?"

Und ob ich mich erinnern konnte. Um diese angesprochenen Dinge zu beantworten, gehörte wohl eine gehörige Portion Vertrauen dem Gesprächspartner gegenüber dazu. Die Zeit war damals noch nicht reif.

„Ich möchte sie dir beantworten, weißt du?"

Sie hatte sich längst von mir abgewandt. Ihr Blick richtete sich gegen die Zimmertür. Ich hatte das Gefühl, es redete sich mit ihr leichter, als mich dabei anzuschauen.

Eine kurze Weile erfüllte Stille den Raum.

„Ich halte von Liebe viel und bin auch verliebt. Naja……"

Aufgeregt spielte sie mit der Kordel ihres Pullovers, die Augen noch fest an die Tür geheftet. „Naja und das sexuelle gehört auch dazu, nur naja…." Wieder diese Pause. Sie wurde immer nervöser, versuchte Umschreibungen zu finden, um ja nicht gleich den Kern ihres Anliegens zu treffen. „Naja, eben anders."

Sie wusste nicht mehr weiter und ich ahnte aber genau, was sie mir sagen wollte.

Klein und hilflos saß sie vor mir, hatte sich durchgerungen, mir das anzuvertrauen, was ihr auf der Seele brannte und wusste nicht, wie sie es mir verdeutlichen sollte.

Sie tat mir leid, wie sie einem Häufchen Unglück ähnelnd auf dem Stuhl kauerte.

Ihre Hände zitterten. Abwechselnd an der Pulloverkordel spielend oder den Kopf in die aufgestützten Hände legend, immer noch in Richtung Tür starrend, saß sie einfach so da. Sie zuckte mit den Schultern und ein erneutes „Naja" kam in Folge.

Ich musste etwas tun.

Langsam ging ich auf sie zu, nahm ihren Kopf zwischen meine Hände, um ihr in die Augen schauen zu können, und redete leise zu ihr: „Du hast halt eine Freundin mit der du schläfst. Und, haste damit ein Problem? Ich jedenfalls nicht."

Für den ersten Moment konnte sie es kaum fassen. Es war ausgesprochen.

„Hm, haste jetzt Angst vor mir?"

Sie hatte ihr größtes Geheimnis gelüftet und verfügte nicht über die leiseste Ahnung, wie ich auf so viel Ehrlichkeit reagieren würde.

Nach und nach wurde ihr erst bewusst, was soeben geschehen war. Die innerer Verkrampfung löste sich.

„Ich kann's nicht glauben. Ich kann es einfach nicht glauben. Ich bin irgendwie so froh, dass ich es dir mitteilen konnte. Aber wieso wusstest du das? Weißt du wie das ist, wenn man noch nie darüber reden konnte?"

Ich wusste es nicht.

Sie hätte am liebsten noch eine Unmenge solcher Sachen gesagt, aber ich hielt ihr den Zeigefinger auf den Mund: „Pst, ist schon okay. Geht's dir jetzt besser?"

Ich drückte sie ganz sanft an mich heran. Ihre Augen leuchteten und sie lächelte.

Nur für dich

Die innere Stimme mahnt zur Vernunft.
Die Gefühle halten eine ganze Welt dagegen.
Ein Lächeln ist vorhanden,
doch das Herz weint.

Träume verdrängen das Bewusstsein.
Zweifel schüren Ohnmacht.
Ein Funken Hoffnung bringt der Tag,
doch in der Nacht erlischt er zu eisigem Schweigen.

Worte werden zu Fraßen.
Eine Geste zur helfenden Hand.
Sehnsucht lähmt die Sinne,
doch Wärme dringt leise zur Seele.

Der Spiegel zerspringt in tausend Scherben.
Müde Augen lernen langsam selber sehen.
Noch liegt Trauer in der Frage:

Wer bin ich?

Der Zug nach Unbekannt

Fast geräuschlos glitt der letzte Nachtzug aus der Halle. Der Bahsteig war leer, bis auf einen einzigen Mann.Er hatte sich eine Zigarette angezündet und starrte dem Zug nach, dessen rote Schlusslichter rasch kleiner wurden.

Tausend Gedanken schwirrten durch seinen Kopf. Die sonst so logische Ordnung darin wich einem verheerenden Chaos. Die Worte seines Vaters schossen ihn durch sein Hirn: „Ein Mann darf nicht weinen." Und genau in diesem Augenblick rann eine Träne über sein Gesicht.

Lange noch stand der Mann wie starr am Bahnsteigrand. Sich jetzt zu bewegen, bedeutete so etwas wie Endgültigkeit. Jeder Schritt würde ihn weiter von seinem Sohn entfernen.

Der Rauch der Zigarette kringelte sich wie kleine weiße Wölkchen in der kühlen Abendluft. Ein leichtes Frösteln durchzog seinen Körper. Er fror. Nicht die Kälte der Nacht erzeugte diese Empfindung in ihm, sondern die Worte seiner Freundin, die wie Eis auf seinem Herzen lagen.

„Ich habe immer noch einen Anspruch auf mein eigenes Leben. Dazu gehört, dass ich den Vater meines Kindes nicht mehr sehen will. Ich habe mich in dir als Mensch geirrt. Ich liebe dich, aber du bist nicht der Mann, der in mein Leben passt. Und deshalb will ich auch nicht, dass du mein Kind erziehst. Du hast mich einfach nur maßlos enttäuscht. Leb wohl Jan, und viel Glück für dich."

Das krachende Geräusch der zufallenden Abteiltür und das Rattern des abfahrenden Zuges waren längst verklungen, doch in ihm vollzog sich diese Szene stets aufs Neue und veranlasste den jungen Mann, über sich und sein Leben nachzudenken.

Jan rannte gedanklich als kleiner Junge durch den Garten mit den alten Bäumen, vorbei an einem schönen hellen Haus. Hier wuchs er auf. Seine Eltern waren wohlhabend, großzügig und gebildet. Jeder Wunsch wurde ihm von den Augen abgelesen und doch konnte er dort irgendwann nicht mehr dabei glücklich sein. Die Wände fielen ihn auf den Kopf, und er wurde das Gefühl nicht los, keinen Platz zu haben, der ihm gehörte.

Er wollte weg. Aber es blieb bei dem Versuch. Den Absprung hat er nicht wirklich geschafft. Er litt weiter unter den Druck, dass er für seine Eltern da sein sollte und dass er etwas für sie tun musste.

Sie wollten zuerst, dass er ein braves Kind war, also war er brav. Sie wollten, dass er Superzeugnisse brachte, also paukte er. Egal, um was es ging, er schaffte es.

Erst als er Sylvia kennenlernte, begann er sein Verhalten auf den Kopf zu stellen. Er funktionierte nicht mehr wie das Spielzeug seiner Eltern, also hassten sie das Mädchen.

Und dann kam die Sache mit dem Geld. Er kannte nur das Leben im Luxus, und plötzlich strich sein Vater jedes Darlehen. Er glaubte, so seine Marionette zurückbekommen zu können.

Zusammen mit der Freundin hielt Jan jedoch den Intrigen stand, jedenfalls für einige Zeit.

Sie zogen zu Freunden und verdienten sich ihren Unterhalt selbst.

Tage vergingen in nie geahnter Leichtigkeit, Nächte ohne beängstigende Träume. Auf einmal gab es einen Menschen für ihn, der nicht nur Geld und Präsente austeilte, sondern auch Zuneigung schenkte, der nicht nur forderte, sondern auch gab.

Als Sylvia schwanger wurde, schien das Glück komplett.

Aber es war ein Irrtum. Die Zweifel zerfraßen Jan. War er wirklich in der Lage ein Kind zu ernähren?

Ständig erreichten Ihn die Einwände seiner Eltern: „Junge, was soll aus dir werden? Du hast doch gesehen, dass du kaum auf eigenen Füßen stehen und ohne unsere finanzielle Hilfe keine großen Sprünge machen kannst. Du bist zu etwas Höherem berufen und nicht dazu, mit einer kleinen dahergelaufenen Göre und ihrem Kind deine kostbare Zeit zu vergeuden."

Trotzig hielt Jan dagegen. Nie wieder wollte er sich in die Fänge seiner Eltern begeben.

Dann kamen die alten Träume wieder. Er fühlte sich als Versager. Diese Einstellung übernahm die Regie für sein Handeln, fraß sich in seinem Kopf fest.

Sylvia blieben die Veränderungen ihres Freundes nicht verborgen. Oftmals endeten Diskussionen bis weit in die Morgenstunden hinein mit einem Streit.

Der Einfluss des Elternhauses nahm wieder zu und gewann die Oberhand.

Die Asche der Zigarette fiel zu Boden. Gedankenfetzen schlossen zu einem Bild zusammen. Noch immer schaute Jan unverändert in die gleiche Richtung.

Sollte Sylvia wirklich recht haben, wenn sie behauptet, dass man nicht einfach auf den extremen Wohlstand verzichten könne, wenn man ihn erlebt habe?

War es wirklich nur ein Abenteuer, selbständig überleben zu wollen?

War Sylvia wirklich nur eine willkommene Abwechslung, um aus dem Käfig, der ihn umschloss, ausfliegen zu können?

Die absolute Stille in der Bahnhofshalle senkte sich auf ihn.

Aber langsam und leise zunächst und dann immer energischer und sicherer ertönten Schritte in Richtung Ausgang. Die ausgetretene Zigarettenkippe blieb zurück.

Auf der beschlagenen Fensterscheibe der Fahrscheinausgabe lasen die Fahrgäste des ersten Frühzuges folgende Nachricht:

Der Zug nach Unbekannt ist angekommen. Ich liebe dich!

Ein Gefühl, wie das Leben so spielt…

Ich habe Gänsehaut,
der Wind bläst mir ins Gesicht
und ich spüre deinen Atem.
Ich halte deine Hand
und merke den leichten Druck.
Er berührt mein Herz.
Meine Sinne sind verwirrt.
Noch taumelnd, wie im Rausch
suche ich deine Nähe.
Hoffnung und Zweifel halten sich die Waage
Ich kann nicht erkennen, was in mir ist!
Ich habe Angst und Sehnsucht zugleich.
Ich suche eine Antwort auf so viele Fragen –
Kannst du sie mir geben?
Ein unbekanntes Gefühl streichelt meine Seele.
Neugier erweckt mich zu neuem Leben.
Kann ich dort bestehen?
Ich bin stark und doch so schwach.
Ein Zwiespalt tut sich vor mir auf
und doch will ich damit leben!

Geschliffenes Glas

Ein geschliffener Kristall in meiner Hand.
Das Kerzenlicht bricht sich tausendfach in ihm.
Ich beginne ihn zu drehen,
doch die Perspektive bleibt die selbe!
Die Flamme wirkt ruhig,
doch der Eindruck täuscht.
Kleine Unregelmäßigkeiten spürst du nur,
wenn du den Anblick des Lichtes nicht scheust!
Vertraute Schatten –
Spiegelbild der Seele?
Kerzenwachs rinnt leise, ja lautlos….
Es trifft den Kristall.
Ein Bruchteil von ihm wird blind.
Meine Finger bemühen sich, ihn weiter zu drehen.
Ich finde wieder den Schein des Lichts!
Kleine Flamme, du hast eine gewaltige Kraft!

Nachtgedanken

Stille –
In Sekundenbruchteilen jagen Gedanken nach utopischen Zielen.
Sanftheit und kindlicher Anmut strahlen aus dem schlafenden Antlitz.
Ein leichter, fast schwerelos wirkender Lichtschein streift dein Gesicht.
Friedlich ist alles umher und doch brodeln maßlos ungeahnte Fantasien.

Du hast mich verzaubert!

Gleichmäßige Züge im ausdrucksstarken Wesen verhindern ein Wegschauen.
Ich weiß nicht, welche Energien sie in mir freisetzen.
Gespenstisch scheint die Atmosphäre und doch fühle ich mich geborgen.

Der Mantel der Nacht liegt über uns.
Uns trennen Welten, doch der Weg ist taghell.
Ich habe Angst mich zu bewegen.
Das leiseste Geräusch könnte dich erschrecken und das Licht des Mondes
deine Sorglosigkeit erleuchten.

Du bist so nah und doch so unerreichbar fern.
Ich fühle mich unheimlich angezogen und doch halten unsichtbare Fesseln mich gefangen.

Du bist so wertvoll, dass ich meinen Egoismus vergessen kann!

Du kennst nicht die Tiefe meiner Seele,
obwohl du bedingungslosen Eintritt erhältst....

Es brennt das kleine Licht, das ohne Luft nicht existieren kann...
Nebelschwaden durchdingt der Sonnenstrahl...

Wo warst du eigentlich vor alledem?

Ich habe gelebt, doch jetzt könnte ich auch ruhiger sterben.

Schatten

Die Schatten der Nacht tanzen ihren Reigen.
Der Kreis schließt sich immer näher um mich.
Ich spüre einen Atem auf meiner Haut,
und höre im Rauschen des Windes meinen Namen.
Regentropfen schweben vom Himmel.
Im Sternendunkel funkeln sie wie Diamanten.
Mit Härte peitschen sie mein Gesicht.
Der Asphalt schluckt meine Schritte,
und spuckt sie als monotones Platschen wieder aus.
Ich habe Angst.
Ich denke an dich.
Eine Träne schmeckt salzig;
Vermischt mit dem Regen scheint sie mich zu ersticken.
Ein schier endloser Weg liegt vor mir.
Verschwommen erahne ich das Ziel.
Langsam taste ich mich durch die Finsternis.
Die Schatten der Nacht werden mich begleiten.

Der ganz normale Horror

Eine wahre Geschichte von Gabriele Pohler

Ich, weiblich, wütend, traurig nach dem Ende einer Beziehung aus Missverständnissen und Enttäuschtsein, wollte wieder einmal die mir freigesetzten Energien umpolarisieren.

Nach der letzten Beziehung kam mit dem Bedürfnis nach mehr Freiraum ein Mauerdurchbruch zur Vergrößerung meines Wohnraumes, bei dem ich nicht wusste, ob nicht nur die Wand ein Loch erhielt oder vielleicht das Haus eine tragende Wand verlor.

Jetzt begann ich, ein Ende der Heizerei verbunden mit Ölkannenschleppen herbeizusehnen, und eine Heizungsanlage zu planen. Ziel des Vorhabens war, mehr Unabhängigkeit zu erlangen.

Eigentlich paradox, denn unabhängig war ich ja so ganz ohne Pflicht der Rechenschaft und neu erworbener, wenn auch ungewollter Freiheit.

Aber egal.

Da mein Haus drei Etagen und sechs Wohnungen hat, war das ein kostspieliges und dreckiges Unterfangen. Alles durchgeplant, eingebaut und mit mehreren kleinen Schwierigkeiten bis Ende Februar endlich bewältigt.

Alles okay, wenn man beachtet, dass ich ganze drei Wochen im Januar und Februar bei einer Raumtemperatur von zwei Grad Celsius überlebt habe, keine Erkältung hatte und mich mit Malerarbeiten, Löcher verputzen und Ofentransporten, Tankschlepperei, Kellerrenovierung und dem fast endlosen Verlegen von nagelneuer Auslegeware, sowie dem Wiedereinräumen der Hütte warmgehalten habe. Nicht zu vergessen, dass an einem festen Arbeitsverhältnis wenigstens die Möglichkeit besteht, sich acht Stunden am Tag aufzuwärmen.

Aber wer baut schon im Winter eine Heizung um?

Was kann ich dafür, wenn meine Liebe gerade zur eiskalten Jahreszeit ein jähes Ende fand?

Positiv Denken. Jedes zweite Buch und ist es noch so unscheinbar, schreit diese Botschaft entgegen, wenn man auch nur eine Buchhandlung am Eingang streift.

Also gut, positiv war, dass das Frühjahr mit seinen Knospen und neuen Trieben endlich auch für mich da war, ich den ganzen Kram hinter mir hatte und einen neuen Standort zum Neuerblühen suchen konnte.

Bis dahin war alles in Ordnung und ich sehnte mich nach Sauberkeit, Ordnung und ein wenig Ruhe zum Ausspannen meiner beanspruchten Knochen.

Ich malte mir bei den letzten Handgriffen, dem Verlegen der fünf Meter langen Auslegeware im Bad aus, wie ich das Aufhängen der frischgewaschenen Gardienen, den Geruch von Sauberkeit, das wohltuende Bad, das anschließende warme weiche Einkuscheln in eine mollige Decke beim Anschauen von einem rührseeligen, herzergreifenden Liebesdrama im Fernsehen bei einem Glas Rotwein genießen würde.

Ich konnte es kaum erwarten.

Am Standort der Waschmaschine angekommen, schnitt ich die Auslegware natürlich dort aus und überlegte noch, was passieren würde, wenn diese eines Tages kaputt geht und der Fleck ohne Auslegeware dann nicht mehr zu den Abmaßen einer neuen Maschine passen würde. Ich verwarf diesen Gedanken und schnitt weiter, träumte meinen Traum vom Ende der Schufterei.

In der nächsten Stunde begann das Chaos.

Ich lag endlich in einer warmen Badewanne, angefüllt vom Duft frischer Melisse und in Erwartung auf die Ruhe, die von dem Kraut ausgehen sollte. Ich lauschte in mich hinein und genoss die Zufriedenheit über das Erreichte.

Meine Waschmaschine wusch die letzte dreckige Wäsche, die vor Minuten noch an meinen Körper klebte und beim Ausziehen vor Dreck stand. Das leise monotone Rumpeln tat meinen Nerven gut.

Keine Hammerschläge, kein Lötgestank, keine Bohrmaschinen, Elektrobohrer und Sägen mehr. Einfach nur Ruhe und Wärme.

Ich war wohl am Eindämmern, als ich einen süßlichen Geruch in der Nase hatte.

Vielleicht waren es die neuen Heizkörper, die erst ihren Eigengeruch verteilen mussten?

Es wurde immer schlimmer und ich öffnete die Augen.

War das Qualm? Ich hatte doch keine Ölöfen mehr, die bei Sturm ab und zu rauchten!

Es kam von der Waschmaschine.

Hatte ich nicht 60 Grad eingestellt?

Ich hatte mich schon in der Wanne aufgesetzt und schaute direkt zur Maschine, als es diesen Knall gab.

Kein Gerumpel mehr, nur noch Gestank und Ruhe. Der Motor lief nicht mehr und irgendetwas klang wie tropfendes Wasser. Klatschnass sprang ich aus der Wanne, rannte zum Stecker, zog ihn aus der Dose und sah, dass die Maschine auslief.

Wunderbares Waschwasser rann ungehemmt auf meine neue Auslegeware und verschwand dort.

Nichts mehr mit Ruhe und Gelassenheit. Einen Eimer unter die Anschlussstelle gestellt, mich selbst fix abgetrocknet und nachgedacht.

Hatte ich nicht vorhin noch diesen Gedanken gehabt„Was wäre wenn?"

Was nun? Das„Wenn" und war jetzt!

Erst einmal Entgleisung meines Vokabulares. Lautstark wetterte ich die unmöglichsten Schimpftiraden diesem Teil von Maschine entgegen und wusste, dass sie sich für immer verabschiedet hatte.

Also gut. Die nasse Wäsche rein in die Wanne, Klamotten an und zwei Etagen die Treppe hinauf zum Mann meiner Mutter.

Der musste dieses hinterhältige Teil mit mir so schnell es ging entfernen und auf den Hof transportieren.

Nur noch weg damit!

An der Stelle, wo eben noch neue Auslegeware lag, war ein klatschnasser Fleck mit Seifenlauge und bei jedem Trocknungsversuch mit etwa zwanzig Handtüchern begann sich das Zeug mehr zu verfilzen. Tja, es musste ja auch diese Biebernaturqualität sein!

Zwecklos. Vielleicht trocknet es ja von alleine.

Das unschöne ausgeschnittene Loch bedeckte ich mit dem ausgeschnittenen Stück der noch jungfräulichen Auslegeware, welches ich aufgehoben hatte.

Es war abends nach zwanzig Uhr und nichts war mehr zu regeln.

Ich hatte genug. Bevor ich noch anderen Katastrophen ins Auge blicken müsste, ging ich lieber ins Bett.

Der nächste Morgen begann nun schon gewohnheitsmäßig sechs Uhr.

Eine Tasse heißen Kaffee, wie immer türkisch und süß, eine Zigarette und die Nachrichten im Radio.

Das Horoskop versprach mir für heute Glück in der Liebe, finanziellen Aufschwung und grenzenlose Energie. Ich sollte andere mit meiner Ausstrahlung anstecken…

Na toll, das war mit Sicherheit wieder eine Vortäuschung falscher Tatsachen. Gott sei Dank richtet sich nicht jeder nach dem Horoskop und plant womöglich seine astrologisch vorgesehenen Befindlichkeiten in Begegnungen ein. Derjenige würde bestimmt jäh auf die Nase fallen. Jedenfalls ist das bei mir so.

In einer Stunde sollte die Suche nach einer neuen Waschmaschine starten und meine nasse Wäsche lag noch unansehnlich in der Wanne. Wir haben ja die Marktwirtschaft und so lange würde eine Lieferung gewiss nicht dauern.

Also wollte ich dem letzten Übel auf den Leib rücken, um dann endlich zur Ruhe zu kommen.

Ich hatte schon vier Geschäfte angefahren und musste beschämt feststellen, dass das alles gar nicht so einfach war. Dieses Überangebot konnte Eine wie mich schon verwirren.

Ich konzentriert mich intensiver auf meine Vorstellungen; Toplader, nicht zu groß, der Preis musste stimmen, die Wattzahl an meine Elektrik angepasst sein und ein höherer Luxus gegenüber der Vorherigen sollte auch dabei sein. Tausendzweihundert Umdrehungen beim Schleudern wären nicht schlecht.

So gesucht, klappte der Einkauf viel besser und die neue Errungenschaft sollte binnen weniger Stunden geliefert werden. Super.

Die Anlieferung klappte prompt. Die Herren vom Fachgeschäft erklärten mir einleuchtend die neue Maschine. Nach einem Probewaschgang wurde das Wasser wieder abgepumpt und alle Unterschriften geleistet. Ich war stolzer Besitzer einer guten Haushaltshilfe.

Zunächst musste ich aber einen vollen Waschgang bei Kochwäscheeinstellung ohne Wäsche waschen. Meine dreckigen, nassen Klamotten würden noch warten müssen. Alles klar, ich wollte ja nicht, dass gleich die Garantie erlischt.

Also alles ordnungsgemäß eingestellt und ohne Wäsche gings los.

Ich machte es mir in der Stube gemütlich, schmökerte ein paar Zeilen in einem Buch, welches ich durch die Umbauerei nicht fertig lesen konnte, trank Tee und wartete auf das Ende des Waschganges.

Da kamen plötzlich Geräusche aus dem Bad, die ich noch nicht kannte. Auch die Tür zum Schlafzimmer vibrierte derart, dass ich dachte, es würde der Nachbar mit einen Preßlufthammer an meiner Wand arbeiten und auf diesen Weg zu Besuch kommen. Ich stürzte ins Bad zu der Maschine. Sie war so bei etwa sechshundert Schleuderumdrehungen und auf dem Weg nach vorn zur Tür.

Die Schläuche waren schon fest gespannt und drohten abzureißen.

Das Waschbecken rückte in bedrohliche Nähe. Sicher hätte sie dieses auch aus der Wand getrümmert.

Ich versuchte mit aller Kraft diese Wildgewordene festzuhalten und den Stecker zu ziehen. Aber es war nicht so einfach, da ich wirklich beide Hände und zusätzlich die Knie brauchte, um sie zu bändigen. Dann klingelte auch noch das Telefon. Ich war beschäftigt.

Endlich den Stecker erreicht und gezogen, beruhigte sie sich langsam, hoppste noch einige Male auf der Stelle und stand völlig unschuldig an einem anderen Platz als vorher.

Sie hatte das Stück Auslegeware mit sich gezerrt. Vom Regal war alles heruntergefallen. Selbst in der Küche waren Schranktüren offen und die Dinge, die sonst auf dem Tisch lagen, waren ziemlich weit nach vorn gerutscht.

Das Telefon läutete wieder und meine Mutter, die im zweiten Stock wohnt, beschwerte sich, dass bei ihr die Glastüren klapperten. Ich sollte doch endlich mal Ruhe geben und mit meiner Bauerei aufhören.

Sie ist von Natur her ziemlich schnell aufbrausend, so war ich froh, dass sie noch so freundlich am Telefon klang.

Ich musste dieses Geschäft anzurufen.

Der Verkäufer war nett und wollte sofort einen Techniker vorbeischicken.

Mir fiel ein Stein vom Herzen.

Er kam, zog sich diese Schuhüberzieher an und machte auf mich einen soliden Eindruck. Problem erkannt. Er müsse die Maschine wohl noch richtig justieren und dann wäre alles in Ordnung, nur die Auslegeware darunter müsse weg. Diese veranlasse die Maschine zur Vibration und damit zum unruhigen Laufen.

Gut, verschnitten war der Belag ja sowieso schon, also weg damit.

Er schraubte ein paar Minuten an den Füßen herum, stellte sie wieder dahin, wo sie ursprünglich stand, wischte sich unsichtbaren Schmutz von den Händen und verabschiedete sich, nicht ohne mir viel Freude beim Waschen zu wünschen.

Das wars. Also endlich die Schmutzwäsche in die Trommel, Waschpulver dazu und Deckel zu.

Mein Buch wartete und der Tee war zwischenzeitlich ungenießbar kalt geworden. Mit einem Ohr war ich komischerweise immer im Bad. Abpumpen, Wasser ziehen, waschen.lief alles wie am Schnürchen, bis sie begann im Waschgang zwischenzuschleudern.

Diesesmal war ich schneller im Bad als vorhin. Ich konnte sie noch davon abhalten, die Schläuche wieder bis zum Letzten zu spannen und meine Nerven auf die Probe zu stellen. Ich stellte mich ihr wieder mit aller Kraft entgegen, versuchte den Stecker wie beim vorherigen Mal zu ziehen, aber meine Mutter stand bereits da und erledigte dies. Ich hatte sie bei dem Lärm echt nicht gehört.

So wie sich die Eine beruhigte, fing die Andere an zu schreien.

Ihr würde das endgültig reichen und in ihrer Küche sind nun noch die Mehl- und Salzbehälter runtergefallen. Ob ich zu blöde sei, zu waschen?

Ich muss so geschaut haben, wie sie mich betitulierte, denn sie schwieg plötzlich und begriff, dass ich schuldlos war.

Es war schon wieder nach achtzehn Uhr. Ich versuchte dennnoch mein Glück im Fachgeschäft. Der Chef meinte, um diese Zeit sei kein Techniker mehr im Haus, aber gleich am nächsten Morgen würde er persönlich mit einer kompetenten Fachkraft erscheinen. Einverstanden. Alles wieder einigermaßen richten und die Wäsche blieb diesesmal dort, wo sie war, nämlich in der Maschine, zum Vorführen für die versierte Fachkraft.

Am nächsten Morgen war warten auf Abhilfe angesagt. Neun Uhr kam Hilfe.

Kurzes Schauen, einen Waschgang einlegen, Unwucht überprüfen, kurz anschleudern, erneut justieren und zu dem Ergebnis gelangen, dass unter die Maschine, da ich einen Dielenboden habe, eine Leimholzplatte von drei Zentimeter Stärke müsste.

Das wars also.

Wieder überzeugt von männlicher Intelligenz, fuhr ich mit meinen Fiat Cinquecento zum Baumarkt. Dort stellte ich fest, dass es nur Schaltplatten in dieser Stärke gab. Zwei Meter Länge bei siebzig Zentimeter Breite passten nicht in mein Auto. Es gab aber keinen Zuschnitt.

Der Verkäufer der Holzabteilung war freundlich und gab mir eine Säge, einen Stift und einen Zollstock. Er dürfe aber wegen des Arbeitsschutzes nicht helfen und verschwand.

Ich postierte mich an einem Stapel Bauholz, hielt mit einem angewinkelten Bein die Platte und zersägte sie. Hinter mich stellten sich zwei Damen mit Leisten und Brettern. Ich nahm ihnen die Hoffnung, hier angestellt zu sein und legte die Säge zur Seite mit einen Dank an den Verkäufer, den ich auf einen kleinen Zettel hinterließ. Stolz begab ich mich zur Kasse, erntete merkwürdige Blicke von der Kassiererin, grinste, bezahlte und ging ohne Erklärung.

Zu hause angekommen schliff ich die Kanten glatt, bohrte Löcher in die Enden der Platte und schraubte zwanzig Zentimeter lange Schrauben hindurch bis in die Dielen. Sie war fest.

Ich wuchtete die Waschmaschine auf die Platte und während ich mich wusch, wusch auch sie meine Wäsche zum dritten Mal.

Ich hatte mir einen Kaffee verdient.

Die Waschmaschine sah das nicht so, denn als der Kaffee gerade in der Tasse dampfte, meldete sie sich aus dem Bad und ich konnte nicht umhin, zu ihr zu rennen.

Schneller als vorher kam sie mir entgegen.

Ich hatte langsam das Gefühl, sie leidete an Angst vor Einsamkeit.

Erst als ich sie innig umarmte und mit aller Kraft hielt und ihr den Saft nahm, wurde sie ruhiger.

Meine Wäsche war wieder nicht fertig geworden.

Ein erneuter Anruf beim Verkäufer. Ich kannte die Nummer nun schon auswendig.

Er war wieder sehr nett und kam persönlich vorbei.

Jetzt wurde „Otilie", so hatte ich sie insgeheim schon genannt, bloß-
gelegt.

Also ohne Rückwand sah ich erst mal ihr zerstörerrisches Innenleben
und mir wurde Angst und Bange. Die Rückwand hatte wohl alles
Schlimmere noch verhindert.

So ganz Ohne und vollkommen nackt konnten wir die Lady beim
erneuten Probelauf nur noch zu zweit halten und der Verkäufer be-
kam ebenfalls Angst. Man sah es an den Schweißperlen auf seiner
Stirn.

Der Techniker, welcher dazu gerufen wurde, konnte sich an den
Geräuschen orientieren wo wir uns befanden.

Total cool, mit den Händen in der Hosentasche, sprang nun auch er
im Bad herum und erläuterte mir, dass die Dielung an dem Dilemma
schuld sei.

Ich fragte mich, welches Dilemma er meinte, hörte aber gespannt
zu.

Die neuen Toplader sind mit den Aufhängungen oben am Rahmen
gebaut. Eine Verbesserung vom Werk her. Die Schwingungsübertra-
gung gehe nun nicht mehr über Stoßdämpfer unten, sondern über
Federn oben.

Deshalb sind sie für Dielung scheinbar nicht geeignet und ein Umtausch kann noch nicht stattfinden, weil eben die Dielung schuld ist
und nicht die Waschmaschine.

Die Herren waren noch so freundlich und schleppten Otilie bis zur
Tür und gingen dann.

Da stand ich nun. Kurzzeitig schlich sich der Gedanke in meinen
Kopf, dass ich doch eigentlich Urlaub habe und alles entspannt be-
trachten könne und trotzdem kullerten ein paar Tränen an meinen
Wangen herunter.

Ich nahm das Telefonbuch zur Hand und suchte eine Tischlerei,
fand auch diejenige, welche mir vor einiger Zeit alle Türen und Fenster
im Haus erneuert hatte, und rief an.

Der Chef konnte sich sofort erinnern, da er damals zweimal Fenster einbauen musste, da die Oberlichter nicht zusammen passten. Er bedauerte es, mir nicht helfen zu können. Er baute gerade seine Werkstatt um, und so standen keine Maschinen zur Verfügung.

Ich begann mir selbst zu helfen, klappte die Auslegeware bis zur Mitte hoch, holte einen Hammer, eine Brechstange und eine Zange und ließ meinen Unmut an den Dielen aus.

Zuerst enfernte ich eine Sauerkrautplatte, welche wohl zur Dämmung da war und kam dann zu den eigentlichen Dielen. So schlecht sahen die gar nicht aus, aber egal. Was raus muss, muss raus.

Immer wieder ein paar Tränen wegwischend, hebelte ich die Nägel aus den Dielenbalken.

Plötzlich stand meine Mutter hinter mir und griff sich an den Kopf.

Etwas hysterisch und laut zweifelte sie an unserem gemeinsamen Verstand und schrie immer wieder, ich soll doch aufhören.

Weshalb nur? Ich hatte doch Zeit.

Sie stürzte in die Stube. Mir war egal was sie tat. Ich hatte Arbeit und war abgelenkt.

Nach einiger Zeit kam sie wieder und sagte, eine Zimmerei würde kommen.

Die Dachdeckerfirma, die im vorigen Jahr unser Dach deckte und vergaß, den Schneefang anzubringen, wodurch zwei meiner Freunde gerade so einer

Gehirnerschütterung entkamen, als sich eine gelöste Schneelawine in dem Moment vom Dach stürzte, als sie darunter standen, schickte mir einen Gutachter und dann einen Zimmermann..

Die Dielen mussten trotzdem raus.

Also machte ich weiter und kam bis zur Aufschüttung unter der Dielung, als der Zimmermann eintraf.

Er vermaß ganz ruhig das benötigte Material und verschwand wieder.

Eine halbe Stunde später stand auf dem Hof eine Keissäge, verschiedene Bretter und Balken, Nagelkisten, Werkzeugkisten und ein schnuggeliger Zimmermann.

Drei Stunden später war er mit seiner Arbeit fertig. Er stellte nur kurze Fragen und ließ mich dann in Ruhe.

Möglicherweise war mein Gesichtsausdruck nicht mehr der entspannteste, aber das war mir egal. Ich trank einen kalten Kaffee, denn vor heißem hatte ich langsam Angst. Wer weiß, was dann wieder passiert!

Nun nur noch sauberzumachen und auf das neu entstandene Podest Auslegeware kleben.

So spät wars noch nicht. Ich könnte noch Neue besorgen. Identisch zur bereits Liegenden müsste sie schon sein, aber es war ja nicht all zu lange her, als ich diese kaufte.

Das Podest war eine zusätzliche Stabilität. Daran könnte man sich gewöhnen.

So gegen siebzehn Uhr war ich mit allen fertig.

Meine Wäsche war noch immer in der Maschine und jetzt sollte sie endgültig raus.

Egal was noch passiert.

Diesesmal nahm ich mein Buch mit ins Bad und setzte mich zu ihr auf das Podest und wärmte mich an der Heizung.

Ob ihr das nun besser gefiel weiß ich nicht.

Beim Schleudern sprang sie nun nicht mehr weg, sondern hoppste vergnügt auf einer Stelle und durch den Hohlraum unter dem Podest war sie noch ein wenig lauter als vorher.

Wenigstens blieb sie in meiner Nähe. Diesesmal würde ich die Wäsche zu Ende waschen, egal was noch komme.

Nach den lautstarken, dieses Mal nicht unterbrochenen Schleudervorgang von scheinbar unendlichen drei Minuten klappte die Verständigung aller Mieter unseres Hauses. Sie versammelten sich im Treppenhaus.

Meine Mutter war direkt vor Ort und bestaunte das Podest und die Phonzahl aus Otilies Innenleben.

Ein erneuter Anruf unter schon bekannter Nummer. Dieses Mal musste ich neu wählen, da bei Wahlwiederholung sonst die Zimmerei ihr blaues Wunder erlebt hätte.

Nicht mehr ganz frisch und mit blankliegenden Nerven berichtete ich dem Verkäufer von „Otilie" noch einigermaßen sachlich und erstaunlicherweise ruhig (so wie ich das noch beurteilen konnte) die momentane Situation.

Er, immer bereit, entnervten Hausfrauen zu helfen, stellte eine Verbindung zum Werkskundendienst im nächsten Bundesland her. Dieser würde schon in einer Woche vorbeikommen.

Ich verlangte die Direktwahlnummer und hatte bei den darauffolgenden Gespräch den Erfolg, dass zwei Tage später ein Mitarbeiter kommen würde.

Jedenfalls war meine Wäsche fertig und konnte auf die Leine.

Mein Urlaub war zu Ende. Zu Hause war ja doch momentan nichts los, also war dieser Umstand nicht tragisch.

Mir machte nur meine Hand Bedenken. Ich hatte mich, wahrscheinlich durch weibliche Kraftlosigkeit, etwas verhoben und zusätzlich zweimal mit dem Hammer am Gelenk verletzt.

Naja, beim Kauf einer nächsten Gerätschaft würde ich vorher trainieren.

Ich konnte ja nicht ahnen, wie oft man eine Waschmaschiene hin und hertragen muss, bevor man sich an sie oder besser sie sich an einen selbst gewöhnt hat.

Ein entspannter Tag ohne Schmutzwäsche folgte.

Am folgenden Tag hatte ich noch frei bekommen und früh begab ich mich auf Anraten meiner Arbeitskollegen doch einmal zur Verbraucherzentrale.

Die Dame dort kam aus den Lachen nicht mehr heraus, was ich überhaupt nicht verstand, und sagte mir, dass ich nach neuen Gesetz erst auf einen Umtausch von der Maschine bestehen könnte, wenn der Werksdienst zweimal vor Ort war.

Alles klar.

Der Werksdienst kam, zeigte mir erneut das Innenleben meiner Otilie und schüttelte bedenklich den Kopf.

Die Dielen seien völlig ungeeignet für Waschmaschinen und ich solle mir doch mal durch den Kopf gehen lassen, eventuell den Fußboden ausgießen zu lassen.

Egal welche Maschine ich mir zulegen würde, die wären jetzt alle so gebaut.

Na Prima!

Aber eine Chance hätte ich noch. Er wollte größere Füße für Otilie bestellen und in einer Woche versuchen, mehr Festigkeit reinzubringen.

Ich sah mich derweil geistig jedoch schon am Telefon, um Zement, Mischer und Estrich zu bestellen…

In der nächsten Woche wanderte ich meine Freunde mit jeweils einen Berg Schmutzwäsche ab. Durch diesen Umstand kam ich jedenfalls dazu, alle mal wiederzusehen.

Am vereinbarten Termin kam der Mitarbeiter nicht.

Bis gegen fünfzehn Uhr wartete ich und versuchte dann die Kundendienstzentrale zu erreichen. Die vereinbarte Zeit hatte eigentlich gegen Mittag gelegen.

Nach ewigen Verbindungen hatte ich den Chef an der Strippe und der wollte gleich nach dem Mitarbeiter forschen, der mich aufsuchen sollte.

Kurz darauf rief mich eben dieser an und meinte, er sei ganz in meiner Nähe, hätte aber die Füße für meine Waschmaschine nicht dabei. Wollte der nur herkommen, um mir das zu sagen?

Ich hatte die Nase endgültig voll, stornierte den Auftrag bei dem Mitarbeiter und verzichtete auf weitere Besuche von dem Herstellerwerk.

Ich ging schnurstracks zu dem Fachgeschäft und bestand auf eine neue, stabilere und von mir aus noch teurere Waschmaschine.

Nach einer langen Zeit machte man mir doch das Angebot, eine von einer anderen renomierteren Firma zu kaufen.

Otilie war wirklich nicht billig, aber wohl nicht für unsere gemeinsame Zukunft geschaffen. Ich entschied mich für eine dreimal so teure Maschine, einen Automaten, Frontlader und männlich.

„Kasimier" hat jetzt schon die dritte Wäsche ohne Fluchtversuche überstanden und ist auch nicht so erbarmungslos anhänglich.

Wir kommen super miteinander aus und das wird hoffentlich auch so bleiben.

Otilie habe ich gestern gesehen. Sie steht im Schaufenster dieses Fachgeschäftes.

Unschuldig, zu einem noch besseren Preis als zu unserer Zeit, lockt sie nun den nächsten Altbauwohnungsinhaber zu einem soliden Kauf.

Ich streckte ihr, hoffentlich hat mich keiner gesehen, den Stinkefinger entgegen.

Im nächsten Urlaub verlasse ich das Land und von dieser Herstellerfirma, dem Fabrikanten von „Otilie" kommt mir kein Endprodukt mehr in die Finger.

Und das Ende einer Beziehung ist auch nicht in Sicht, da ja aus Mangel an Zeit noch keine Neue beginnen konnte. Oder war es die Beziehung zu „Otilie", die diese Umbauten und den Aufwand erforderten?

Also vielleicht doch Schicksal?

Werde mal darüber nachdenken.

König Kunde

Kommunikation ist alles,
denk ich, wenn ich einkaufen geh,
und am Beispiel folgenden Falles,
im Gange des Ladens eine Menschenansammlung seh.
Gemütlich, wie beim Kaffeekränzchen, tratschen da ein paar ältere
Leut.
Sie gestikulieren, vollführen fast Tänzchen,
und sind ob der Begegnung hoch erfreut.
Ein Störenfaktor sind die übrigen Kunden.
Die drängeln sich akrobatisch an ihnen vorbei.
Haben sie endlich eine Lücke gefunden,
ist der Blick auf Regale hoffentlich frei!
Doch weit gefehlt, die nächste Traube
steht mächtig, im Gespräch vereint.
In mir wächst Ärger und der Glaube,
zur falschen Zeit am falschen Ort zu sein.
Ich drängle, jongliere mit dem Einkaufswagen,
alles gleicht einem Hindernislauf,
ernte böse Blicke, hör mich mürrisch „sorry" sagen,
und schnappe im Vorbeigehen Bruchteile der Unterhaltung auf.
Man redet von anderen Einkaufsmöglichkeiten
und das dort alles viel billiger sei.
In diesen äußerst harten Zeiten
gleiche die Preisgestaltung einer riesigen Sauerei.
Für mich ist Einkauf kein Vergnügen.
Ich treibe mich zur Schnelligkeit.
Einkaufszettel abarbeiten in vollen Zügen,
dann zur Kasse – höchste Zeit.
Ich kann kaum glauben, was mich dort ereilt:
mit vollen Körben stehen vor mir

die Leute, die grad am Regal verweilt,
doch plötzlich mit anderen Gebärden und Gezier.
Sie stehen unter mächtigem Druck und Stress,
trommeln mit nervösen Fingern,
und beginnen am Kassierprozess ganz erheblich rumzuningern.
Alle blasen sie ins selbe Horn;
wie lahm doch Angestellte heutzutage sind.
Und die Dame auf dem Stuhl davorn
soll sich gefälligst drehen wie der Wind!
Ein nettes Lächeln der Kassiererin entwich.
Ich bewunderte ihre Reaktion jede Sekunde.
Während mich Wut über diese Leute beschlich,
wars für sie immer noch „König Kunde"!

Einkaufsbummel

Frustriert stand ich vor meinem Kleiderschrank. Die leidliche Frage aller Frauen spukte durch mein Hirn: Was ziehe ich heute Abend an? Die Tatsache, dass Bügel teilweise mit mehreren übereinander hängenden Sachen bestückt waren und die Fächer überquollen von Shirts und Pullis ignorierte ich bewusst.

Es grenzte schon ans Sonderbare, dass dort immer noch Klamotten hingen, die ich seit Jahren nicht mehr trug. Ist das auf die Tatsache zurückzuführen, dass Mode sich für gewöhnlich nach Jahren irgendwie wiederholt? Ich konnte mich noch lebhaft daran erinnern, wie wir einst mit Schlaghosen und Shirt stolzierten und über dreißig Jahre später darf ich meine Tochter im identischen Outfit begutachen. Nicht zuletzt hörte ich aus ihren Erzählungen heraus, dass sie auch nicht abgeneigt gewesen wäre, Originalkonfektionen der Siebziger zu tragen.

Lagere ich nun die Kleidung für meine zukünftigen Enkel ein oder erlaubte es eine Art von Sammelleidenschaft nicht, mich von diversen Dingen zu trennen?

Außerdem hege ich wohl diesen utopischen Wunsch, irgendwann mal wieder figurlich in manch Hose, Jacke, Pulli und andere „Lagerware" zu passen. Vereinzelte Versuche schlugen leider ständig fehl.

Ich schloss die Schranktür, durchdachte meine üble Lage und beschloss, Abhilfe zu schaffen.

Es musste Ewigkeiten her sein, dass ich gezielt in die Stadt fahren wollte, um Textilien zu kaufen. Eigentlich war ich kein Freund vom dieser Art Freizeitgestaltung. Wenn ich irgendwo irgendetwas zufällig entdeckte, was meinem Geschmack bezüglich Mode traf, dann erstand ich das ohne große Anprobierphase. Ein kurzer abschätzender Blick, ob die Grösse stimmen könnte und schon wars gekauft. Ich hatte immer verdammtes Glück. Hab mich nie vertan, alles passte. Noch stressloser funktionierte das Erstehen von Katalogware. Doch auch hier musste im Laufe der Jahre etwas geschehen sein. Früher wartete ich begierig auf neue Auflagen, stöberte ausgiebig durch die Seiten und fand auch immer Passendes. Heute ist das Interesse drastisch geschrumpft. Es kam schon vor, dass diese Dinger friedlich in Folie geschweißt ihr Dasein im Zeitungsständer fristeten, bis sie eines Tages im Sammelbehälter für Altpapier landeten. Auf dem Weg dorthin fluchte ich nur noch ganz gewaltig über die sinnlos schwere Last.

Wurde ich anspruchsvoller oder ist dieses Konsumverhalten die Endkonsequenz eines Überangebotes? Ich hatte noch nie konsequent darüber nachgedacht.

Die Parkplatzsuche begann. Insgeheim schimpfte ich mich dumme Gans, weil ich nicht auf öffentliche Verkehrsmittel zurückgriff. Auf der anderen Seite verwarf ich wieder den Gedanken, da ich mich mit Fahrzeiten und Preisen gar nicht auskannte, ärgerte mich über einen „Hutfahrer", der dreist einen gerade erspähten Parkplatz wegschnappte und fuhr noch zwei Showrunden um selbigen, da ich schadenfroh feststellte, wie er erfolglos versuchte, sein Riesengefährt so einzufädeln, dass er auch noch die Möglichkeit des Aussteigens hätte. Er gab sichtlich genervt auf. Glück für mich.

Plötzlich äußerst gut gelaunt und voller Vorfreude auf meine Einkaufsexkursion startete ich per Pedes in Richtung Boulevard.

Schon von Weitem schrien mich die Auslagen eines Geschäftes förmlich an. Neben großflächig aufgestellten Plastikgartenzwergen, Kunstblumen und Kitschelefanten hingen in quitschendsten Neonlook gelb, grün und pink mindestens zwanzig identische Oberteile je farblicher Ausführung. Sehr geschmackvoll und garantiert hochmodisch. Ich grinste.

Die nächsten Schaufenster tauchten auf. Hinter verschmutztem Glas und Resten von abgekratzten Papier, die gewiss durch wilde Plakatiererei dort übrig blieben, entdeckte ich die mageren Dekorationen einer Bäckerei. Nein, appetitanregend war das nicht. Also weiter.

Am nächsten und übernächsten Fenster las ich: „Wir sind umgezogen"

Ich lief am Elektro- und Haushaltwaren, Uhren- und Schmuckgeschäft, Schuhladen, weiterer Bäckerein, mindestens drei asiatischen Obst- und Gemüsehändlern und Drogerien vorbei, ehe ich auf ein Klamottengeschäft stieß. Nichts wie rein.

Popmusik schallte aus dem Lautsprecher und das sehr jugendliche Personal sortierte emsig die Sachen wieder ein, die Kunden nach dem Probieren einfach in der Kabine oder anderswo zurück ließen. Trotzdem versäumten sie es nicht, Neuankömmlinge höflichst zu begrüßen. Es herrschte reger Betrieb.

Ich schaute mich um, schob die Bügel auf den Kleiderstangen hin und her, nahm einzelne Stücke heraus und prüfte sie mit altgewohnten Blick auf Passform und Größe und musste enttäuscht feststellen, dass ausgesuchte Teile mir zwar sehr gut gefielen, aber nur im Modelltaillenumfang erhältlich waren.

Nun gut, auf Diät hatte ich keine Lust und ähnliche Konfektionsgrößen zierten zuhause meinen Schrank. Also weiter wandern zum nächsten Geschäft.

Wieder kam ich an mich weniger ansprechenden Auslagen vorbei.

War ich bisher für Schaufenster blind? Warum bemängelte ich heute ständig diese direkte Werbung für einen Laden? Fehlende Fachkompetenz oder Personalmangel? Ich suchte Erklärungen für die Halbherzigkeit dieser eigentlich ersten Kundenansprache.

Noch in Gedanken versunken stolperte ich fast über eine Plasteeinkaufbox, gefüllt mit abwaschbaren Tischdecken, die direkt unter einem drehbaren Rundständer mit Shorts und Shirts platziert war. Als ich aufsah, blickte ich in die Augen eines Kunststoffreihers. Ich kam kaum zur Besinnung, als mich jemand mit gebrochenem Deutsch fragte: „Kann ich ihnen helfen?"

Bei dieser fast handelstypischen Frage seh ich rot! Sie deklariert jeden

Angesprochenen zum Dummerchen, Unwissenden und Unterlegenen.

Ein „Darf ich ihnen behilflich sein?" ist für mich eine wesentlich höflichere Umgangsform.

Allergisch reagierte ich mit: „Danke, mir ist nicht mehr zu helfen!" Ich war mir nicht sicher, ob die kleine Vietnamesin das verstanden hat, und lächlte ironisch. Im Weitergehen entdeckte ich doch tatsächlich die selben neonfarbenen Oberteile, die mir zu Beginn meiner Tour schon begegneten. Der Designer müsste bestraft werden! Wer kauft sowas?

Schon arg gestresst versuchte ich mein Glück im Laden für die Mollige.

Mollig und Oma ist doch wohl ein Unterschied? Oder ist der Stil der Fünfziger gerade auferstanden? Eigentlich mag ich ja Erdtöne, aber begraben lassen, wollte ich mich doch nicht. Die Preisschilder studierend beschloss ich abrupt, keine weitere Minute meiner Zeit dort zu verbringen.

Allmählich kroch Wut und Ärger in mir hoch, aber eine Chance wollte ich mir noch einräumen.

Wunder gibt's, mir sollte es fast begegnen. Ich fand d e n Laden. Das Schaufenster lockte mich hinein. Hell erleuchtet und freundlich, top Ware auf Ständern und im Regal, Modellgestaltung einzelner Artikel auf Puppen. Es dauerte nicht lange, bis ich gleich vier unterschiedliche Stücke über meinen Arm legte und in Richtung Kabine spazierte. Ich hielt nach einer Verkäuferin Ausschau, um ihr mein Vorhaben zu signalisieren. Keine in unmittelbarer Nähe zu sehen. Okay, vielleicht war sie ja gerade im Lager, um Ware zu holen, oder waren die menschlichen Bedürfnisse der Grund ihrer Abwesenheit?

Ich probierte. Im Spiegel betrachtend gefiel ich mir gut und meinte, einen Pulli zusätzlich noch in einem anderen Farbton zu wählen. Zurück am Regal lag da aber in meiner Größe keiner mehr. Hilfesuchend schweiften meine Blicke im Laden umher. Altbauten sind sehr verwinkelt. Ich glaubte es kaum, aber außer mir befanden sich doch tatsächlich noch zwei Angestellte im äußersten Winkel des Raumes. Ich musste sie vorhin übersehen haben.

Sie unterhielten sich leise, aber sehr angeregt. Dabei hatten sie mein Eintreten und das Anprobieren völlig überhört, übersehen oder ignoriert?

Ich lief auf sie zu und blieb in kurzer Entfernung vor ihnen stehen. Dabei wagte ich es nicht, ihre Unterhaltung mit lästigen Fragen zu unterbrechen. Sie müssen mich doch geshen haben? Gedanklich hörte ich schon die altbewährte Frage, die meinen Puls höher schlagen lässt, aber nichts geschah. Eine der beiden verbarg ihre Hände in der Kitteltasche, während die Andere am Regal lehnend aufmerksam den Ausführungen ihres Gegenübers lauschte.

Ich wartete einen Moment. Ich räusperte mich. Nichts. Ich räusperte wieder, und dann das Gleiche noch mal. Wieder nichts. Sollte ich etwa einen Hustenanfall simulieren? Ich hatte das Gefühl, sie würden sogar die Erste Hilfe verweigern, würde ich Erstickungsanzeichen vortäuschen.

Nebenbei würdigten sie mich eines verachtenden Blickes. Nervige Kunden sind auch was furchtbares! Störenfriede eines friedlichen Arbeitsablaufes.

Auch gut. Ich steuerte sie geradewegs an, drückte ihnen meine ausgewählten Sachen in die Hand, bedankte mich für die kompetente Beratung mit den Hinweis der Weiterempfehlung, warf meine Haare in einer provokanten Kopfbewegung über die Schulter und lief schnurstracks zum Ausgang.

Geld gespart. Ich gönnte mir nach diesem anstrengenden Nachmittag einen Eisbecher.

Naja, angezogen habe ich abends natürlich wie immer die altbewährten netten Sachen aus dem heimischen Kleiderschrank.

Entsagung und Gewißheit

Ich kann den Wind nicht anhalten,
wenn er durch dein Haar braust!

Ich kann die Regentropfen nicht stoppen,
wenn sie über dein Gesicht rinnen!

Ich kann das Eis nicht erwärmen,
wenn es deinen Körper erzittern lässt!

Ich kann dich nicht fangen,
wenn du der Sonne entgegenstrebst!

Ich kann dich nicht trösten,
wenn deine Seele weint.

Ich kann dich nicht berühren,
wenn der Abstand wächst!

Ich kann so viele Dinge nicht für dich tun!
Aber-
ich bin stets für dich da.

Eine Nacht im August

Deine Lippen beben,
dein klarer Blick ist getrübt,
ein Tränenmeer ergießt sich.
(ich fühle mich dabei so hilflos)

Vulkanartig sprudeln deine Worte der Angst,
nicht sicher, ob sie im Wasser verglühn,
hoffend, dass sie das Ufer erreichen,
fordernd, dass Wunder geschehn.
(ich fühle mich dabei so klein)

Minuten der entsetzlichen Stille.
Deine Stimme zittert.
Getragen von Traurigkeit und Angst versuchst du zu fliehn.

Gedankenfetzen ziehen durch meine Sinne.
Wir kennen uns, doch war ich dir noch nie so nah.
Ich bin wie betäubt und doch auch stolz.

Zaghaft reiche ich dir meine Hand.
Könnte ich dich halten?
Was kann ich tun?

Ich will dich nicht trösten!
(Trost beseitigt keine Angst)

Ich will dir zuhörn, und die leisen Töne verstehen.
Ich will dir sagen: „Ich bin da."
Ohne dich wäre meine Welt viel viel kleiner.

Schreie

Ursula hörte im Dunkeln die Schritte ihres Mannes näher kommen. Dann war er da und stieg sofort zu ihr in den Wagen. Er knalle die Autotür dermaßen hinter sich ins Schloss, dass sie leicht zusammenzuckte. Im schwachen Licht des Amaturenbrettes konnte Ursula erkennen, wie blass sein Gesicht war. Kein Blut durchdrang seine Lippen und die Hände zitterten. Schweißperlen zierten seine Stiern. Die Augen schauten müde und ungläubig zu ihr herüber.

Voll Entsetzen registrierte Ursula die sonderbare Verwandlung ihres Mannes.

„Was ist passiert?" Zärtlich berührte ihre Hand seine Schultern. Er schwieg. Er hockte zusammengekauert neben ihr und schüttelte mit dem Kopf.

„Günter", ihre Stimme wurde etwas lauter, fordernder, „Günter, sag mir bitte was passiert ist. Ich habe dich noch nie so bestürzt gesehen. Bist du dem Leibhaftigen begegnet? Was hat sich denn in aller Welt in diesem Haus zugetragen, dass dich so aus der Verfassung gebracht hat?"

Wieder streichelten ihre Finger aufmunternd über seinen Rücken. Sie hauchte einen sanften Kuss auf sein Ohr. Ihr Blick heftete sich an ihn.

Schließlich schien er sich etwas beruhigt zu haben. Im Handschuhfach tastete Günter nach seiner Zigarettenschachtel. Vor Antritt der Fahrt hatte er sie dort deponiert. Gelegentlich neigte er dazu, sich genüsslich so einen Glimmstengel schmecken zu lassen, obwohl es auch Tage und Wochen gab, in denen er absoluter Nichtraucher war.

Nervös und irgendwie verkrampft zupfte Günter an der Perforation seiner Zigarettenschachtel. Es dauerte eine Weile, bis sie sich löste und er eine Zigarette anzünden konnte. Blaue Rauchschwaden kringelten sich empor. Als er das Autofenster einen Spalt breit herunterkurbelte, vermischten sie sich mit der noch immer sehr lauen Nachtluft.

Ursula beobachtete argwöhnisch ihr Gegenüber. Der Mann an ihrer Seite atmete übertrieben tief ein, inhalierte das Nikotin wie ein Süchtiger und endlich begann er leise und sehr monoton zu reden.

„Auf diesem holprigen Weg bis zum Haus habe ich mit beinahe den Fuß verstaucht. Keine Lampe, nicht mal ein winziger Lichtschein erhellt deren Zufahrt. Wie kann man nur so weit weg von jeglicher Zivilisation wohnen und sich auch noch heimisch fühlen?"

Gedankenlos schüttelte er mit dem Kopf.

„Nach meinem Klopfzeichen an der Tür, ich schwöre dir, sie waren wirklich nicht sehr energisch gewesen, stand ja schon das Familienoberhaupt bereit, um mich herein zu lassen. Er redete unentwegt auf mich ein, so dass ich gar nicht zu Wort kam. Ich verstand überhaupt nicht, was er von mir wollte.

Der Vorraum wirkte unheimlich. In einem alten Holzhaus knarren ja bekanntlich bei jeder Bewegung die Dielen und die Wände. Diese zierten die unterschiedlichsten Jagdtrophäen. Wildschweinköpfe, Hasenfelle, gepaart mit Tonamuletten und Traumfängern aus Indianerkulturen. Daneben hingen Beile, Pfeile und Bögen und sonstige komischen Instrumente. So richtig erkennen konnte ich das bei dem Dämmerlicht auch nicht."

Günter starrte seine Frau abrupt an. „Stell dir vor, es gibt heutzutage noch Leute, die ohne Strom leben wollen!" Ein mitleidiges Lächeln umkreiste seine Mundwinkel.

Ursula, die den Ausführungen ihres Mannes wortlos folgte, steckte sich jetzt ebenfalls wiedererwartend eine Zigarette an. Beim ersten Zug hustete sie kurz und fächerte mit der linken Hand den Qualm vor ihrem Gesicht weg. „Das kann ich mir nur schwer vorstellen", erwiderte sie.

„Mit einer Petroliumlampe ausgerüstet lief der sonderbare Fremde voran ins nächste Zimmer. Ich glaubte in einer Hexenküche gelandet zu sein. Auf dem Herd stand ein riesiger Kessel mit heißem Wasser. Das kochte dermaßen, dass der gesamte Raum mit weißem Nebel angefüllt war. Eine erdrückende Wärme macht sich breit. Auf dem Tisch glänzten fein säuberlich in Reihe und Glied zurechtgelegte Messer und Scheren in den unterschiedlichsten Größen. Und immer wieder redete der Mann auf mich ein. Der Dialekt ist schon so reichlich schwer zu verstehen, aber in einem solch rasanten Redefluss, wie dieser Mensch ihn über mich ergoss, auch nur ein Wörtchen deuten zu können, grenzt an Zauberei. Ahnungslos ließ ich mich von ihm auch noch ins nächste Zimmer schieben."

Günter hielt in seiner Ausführung inne. Durch die Windschutzscheibe konnte man erkennen, dass oben im Haus wieder ein leichter Lichtschein durch das Fenster nach draußen fiel. Ein Schatten huschte vorüber. Es musste der Mann gewesen sein, der Günter die Tür geöffnet hatte.

„Sonderbar", bemerkte der Erzählende, „als er da vorhin vor mir stand, wirkte er auf mich wie ein Bär. Groß, breitschultrig und mit so vielen Haaren am Körper, dass der Vergleich zutreffend war."

Ursula schaute ebenfalls hinauf. Sie konnte den Schatten sehen, wie er am Fenster auf und ab ging. Was hatte er denn da in der Hand? Sie getraute sich allerdings nicht, Günter durch eine Frage, die er wohl selbst kaum beantworten konnte, zu unterbrechen. Gewohnheitmäßig legte sie mit dem Zeigefinger der rechten Hand eine Haarsträhne hinter das Ohr. Dieses Ritual wiederholte Ursula im Laufe der Unterhaltung mehrmals, da die Länge ihres Ponys noch lange nicht ausreiche, um endgültig in der gewünschten Position zu bleiben. Wenn sie aufgeregt oder gespannt lauschte, erfolgte diese Bewegung schon automatisch.

Ihr Mann setzte zur erneuten Schilderung des Erlebten an. „In diesem Raum war es stockdunkel. Die geschlossenen Fensterläden erlaubten es mir nicht, auch nur eine Winzigkeit zu erkennen. Ich hörte nur leises Wimmern und Stöhnen. Der Hausmann war mir noch nicht so schnell gefolgt. Er schloss sorgfältig hinter sich jede Tür. Im vagen Schein seiner Leuchte erahnte ich nicht einmal die Umrisse von Ge-

genständen, die sich hier befinden mussten. Gruselig hörten sich die Laute um mich herum an.

Plötzlich stand er hinter mir und entzündete mehrere sorgfältig aufgestellte Kerzen und Leuchten. Kurzzeitig verwirrten sie meinen Blick.

Ein großes Holzbett mit feinem weißen Laken stand mitten im Zimmer. Ein hübsches junges Mädchen wand sich quälend darin. Ich sah, wie sie unter Schmerzen ständig in die Zudecke biss. Von ihrer Stirn liefen Schweißtropfen ins Kissen und der „große Bär" tupfte sie zärtlich mit einem feuchten Tuch ab.

Ich verstand immer noch nicht, was ich hier sollte, was eigentlich hier los war."

Bei seiner Erzählung traten eben erwähnte Schweißperlen auch wieder in Günters Gesicht. Ursula war, als würde er die jetzt folgende Erzählung ein zweites Mal erleben. Er spielte an seinem Jackenknopf und wusste nicht so recht, wie er das Vergangene schildern sollte.

„Die Frau im Bett begann, immer lauter und heftiger zu jammern. In einem dieser Augenblicke stand der fremde plötzlich neben mir und gestikulierte ungehalten mit erhobener Stimme. Langsam begann ich zu begreifen, was er von mir wollte.

„Helfen sie doch endlich meiner Frau", glaubte ich zu verstehen und bei einer erneuten heftigen Bewegung ihrerseits konnte ich erkennen, dass sie kurz vor der Entbindung stand."

Erregt durch seine Erzählung verbrannte sich Günter beim Entzünden einer neuen Zigarette die Finger. „Verdammt", zischte er und pustete wie ein kleiner Junge auf seine Wunde. Mit mürrischer Miene und belegter Stimme fuhr er fort.

„Ich weiß nicht, wie der Mensch darauf kam, dass ich seiner Frau helfen könne. Alle Widerworte fruchteten nicht. Er war der festen Überzeugung, ich sei der gerufene Arzt."

Kurze Pause. „Ha, was rede ich hier eigentlich von gerufen? Man müsste eher sagen „nach dem gesandten Arzt"! Telefon ist für diese

Leute ja noch ein Fremdwort. Der Bruder der Schwangeren war auf dem Weg, Hilfe zu holen."

Ursula hielt sich gekonnt die Hand vor den Mund. Irgendwie war ihr auf einmal nach Lachen zu Mute. Vor ihrem innerlichen Auge spielten sich die Szenen, die ihr Mann gleich berichten würde, schon ab. „Ach du lieber Himmel", schoss es durch ihren Sinn, „ausgerechnet Günter, der kein Blut sehen kann..."

„Was soll ich dir sagen, ich kam nicht mal zur Besinnung. In Handumdrehen ging es auch schon los. Ein lauter Schrei der werdenden Mutter, ein überstürztes Hinzueilen eines aufgeregten Vaters und meine zittrige Wenigkeit und frag nicht wie, aber dann die kräftigen Schreie eines neuen Erdenbürgers..."

Nun konnte sich Ursula doch nicht mehr zurückhalten und lachte los. Dieses Lachen kroch aus ihrem tiefsten Innern langsam zur Oberfläche. Tränen rannen über ihre Wangen und stürmisch fiel sie ihrem verdutzten Mann um den Hals. „Hebamme Günter, ich könnt mich biegen. Ich glaubte schon, es sei etwas Schlimmes passiert."

Noch ehe Günter reagieren konnte, kamen zwei Scheinwerfer auf sie zugerollte. Der Wagen des Arztes bog auf die Nebenstrasse und parkte genau hinter den beiden.

Ursula erzählte dem Mediziner, dass seine Arbeit schon durch ihren Mann erledigt wurde, erklärte Einzelheiten und fragte höflich, ob er sich durch das Abschleppen ihres Autos revanchieren könne. Gemeinsam suchten sie noch einmal die glücklichen Eltern auf.

Hebamme Günter hatte, entsetzt über seine eigene Courage, nach der Geburt fluchtartig das Haus verlassen. Unsicher scherzend versteckte er seine Aufregung: „Na dann schauen wir uns noch mal die Ökufamilie an."

„Nie wieder Sommernachtsausflug auf abgelegenen Straßen, mein Schatz. Das schwör ich dir!"

Ursula grinste immer noch heimlich hinter vorgehaltener Hand.

Verführung

Du kommst wie eine Katze auf samtweichen Pfoten
Und schmiegst dich ganz nah an mich ran.
Diese Taktik ist ja nicht verboten,
doch ich weiß schon, was sie bedeuten kann.

„Herzallerliebstes Mütterlein", hör ich dich säuseln,
deine Augen zieren diesen unschuldigen Blick.
Werden sich mir jetzt die Haare kräuseln,
oder erliege ich deinem Geschick?

Dieses Spielchen ist so alt wie die Welt.
Sie weiß, dass ich ihr fast nichts abschlagen kann.
Egal welche Frage sie mir gleich stellt,
ich werd unterliegen und darauf kommt's ihr an.

Meist ihre Anliegen erfüllbar sind,
Stress und Ärger gab's eigentlich nie;
Lächelnd sage ich:"Geht klar mein Kind."
Sie ist meine Tochter und ich liebe sie.

Am seidenen Faden

Ein kalter Wind blies durch die zerbrochene Scheibe des Wartehäuschens. Der Luftzug reichte aus, um das umherliegende Papier in die unterschiedlichsten Richtungen zu bewegen. Einige Schüler spielten mit einer zerdrückten Coladose Fußball. Ich konnte nicht erkennen, ob ihnen diese körperliche Ertüchtigung Freude bereitete, ob sie sich so aufwärmen wollten, oder ob sie nur ihre lange Weile zu besiegen hofften. Die entstehenden Geräusche gingen mir allmählich auf die Nerven und das Grölen bei jedem Treffer an die schon reichlich ramponierte Häuschenwand ließ mich stets aufs Neue zusammenzucken.

In kurzen Abständen schaute ich auf meine Armbanduhr. Manchmal hatte ich das Gefühl, der Zeiger war keinen Millimeter weiter gegangen. „Glaubst du etwa es ändert sich was, wenn du ständig auf die Uhr starrst?", zog mich meine Freundin Uta auf. Sie hatte ihren Mantelkragen hoch gezogen und blickte missmutig in die Richtung, aus der der Bus kommen müsste. Um uns herum tuschelten die Mädchen und Jungen die utopischsten Storys und jeder mutmaßte sich seine eigene Version zusammen, warum wir heute schon so lange vergebens auf die Ankunft des Schulbusses warteten. Im Hintergrund schnappte ich von den Zehntklässlern irgend etwas von einem „akademischen Viertel" auf. Bald darauf waren sie verschwunden.

„Mensch Uta, Herr Diehsel kam noch nie zu spät. Es wird doch nichts passiert sein?"

Hannes Diehsel fuhr den Schulbus schon so lange, wie ich denken konnte. Als Pünktlichkeitsfanatiker kam er nie auch nur eine Minute zu spät. Ich konnte mich auch nicht erinnern, dass er jemals krank war. Trotz seines hohen Alters trainierte er samstags im Nachbarort die Jugendmannschaft im Fußball. Für mich sah er jedenfalls schon durch seine geringe Körpergrösse, sein dünnes graues Haar und den Vollbart, der mich an eine Koboldfigur im Märchen erinnerte, verdammt alt aus. Wie alt er wirklich war wusste ich nicht.

Meine blondgelockte Freundin Uta erhob sich von ihrem Ranzen, der für kurze Zeit als Behelfssitz diente, und spazierte wie ein Gockel vor mir auf und ab. Dabei schaute sie auch abwechselnd auf ihre Armbanduhr und auf den Boden unter ihren Füßen, oder sie blinzelte auf die Strasse. Sie war sichtlich nervös, konnte und wollte diese Tatsache jedoch nicht zugeben.

„So ein Quatsch, was soll denn da passiert sein? Verpennt hat er es bestimmt, oder der Sprit ist ihm ausgegangen. Ist doch eine logische Erklärung, oder?"

„Das ist ja der größte Blödsinn, den du je von dir gegeben hast", konterte ich. Wie konnte man nur sowas denken? Als ob ein Busfahrer einfach so losfährt, ohne vorher alles genau kontrolliert zu haben.

Ich hatte plötzlich so ein komisches Gefühl in der Magengegend, dass ich mich setzen musste. Die Bücher und Hefte in meiner Schultasche verursachten eine unbequeme Sitzstellung, aber bei dem Gedanken, dass es sich um etwas Ernstes handeln könnte, warum unser Herr Diehsel heute immer noch nicht erschien, machten meine Beine zu Gummi.

„He Mädel, was ist mit dir los?" Bernd Hauser, ein kleiner unscheinbarer Junge, welcher zu den Neulingen unter den Fahrschülern zählte, bemerkte meine Unsicherheit. „Stell dir vor, die schicken heute keinen Bus. Ist doch genial. Dann gibt's auch keine Schule. Keine Lehrer, die dir nervige Fragen stellen, keine Hausaufgaben. Was gibt es da zu gübeln? Ist doch nicht unser Verschulden, oder? Die Großen sind schon alle weg und ich werde mich bestimmt auch gleich verabschieden."

Kaum hatte er sich von mir abgewandt, verschwand er.

Wenige Minuten danach standen nur noch drei Leute unter dem maroden Dach des Wartehäuschens; die Ulla aus der Ersten, sie traute sich bestimmt nicht alleine nach hause, meine Freundin Uta und ich.

Durchgefroren und mit einem Zweifel an der Richtigkeit unseres Tuns wollten wir dem Beispiel der Anderen folgen und nach hause gehen, als im Eiltempo das Auto unserer Gemeindeschwester vorbeijagte.

Wortlos sahen wir uns an. Es hätte sonst etwas bedeuten können, aber in diesem Moment dachten wir alle drei wohl das Gleiche.

Eigentlich war die Wohnung der Familie Diehsel nur wenige Strassen von der Haltestelle entfernt und so trugen uns unsere Füße wie von selbst in diese Richtung. Mit jedem Schritt wurde ich schneller. Ich registrierte zwar das Keuchen der kleinen Ulla, die meinem Tempo nur schwer mithalten konnte, nahm jedoch keine Rücksicht darauf. Obwohl eisiger Wind mein Gesicht schnitt und in meine Augen Tränen zauberte, die ich nicht wegwischen konnte, da ich mit der rechten Hand den Riemen meines Ranzens fest umschlossen hielt und mit der linken die des kleinen Mädchens, blieben wir erst stehen, als wir unser Ziel erreicht hatten.

„Ich habe es geahnt", entfuhr es meinem Mund. Wie betäubt starrte ich auf den Krankenwagen vor dem großen Eisentor. Dahinter verbarg sich der säuberlich angelegte Vorgarten mit dem Wohnhaus unseres Busfahrers. Bunte Blätter tänzelten auf dem Rasen. Es hätte so lustig wirken können, wie sie zeitweise als Spielzeug der schönen grauen Katze dienten, aber niemand schien es zu bemerken.

Es verging eine Ewigkeit. Endlich trugen die Sanitäter den Kranken in den Wagen. Mit Blaulicht fuhren sie davon. Ganz verstört blieb seine Frau an der Eingangstür zurück. Magisch angezogen rannte ich zu ihr. Unterwegs entledigte ich mich meiner Tasche. Atemlos nahm ich die Hand der Frau und schaute sie schüchtern an. „Was ist passiert? Wie geht es ihm?"

Sie hatte geweint und die Worte fielen ihr schwer. „Ich habe ihn Gott sei Dank gefunden, Er lag einfach so in der Küche. Herzinfarkt. Wenn ich mir vorstelle, dass es nur ein Zufall war, der mich zurück nach hause brachte…." Tränen rannen über ihr Gesicht. Sie schluchzte. „Nie war er krank gewesen, immer in Bewegung und doch hängt so ein bisschen Leben wie am seidenen Faden!"

Die Nachrricht von Diehsels Krankheit verbreitete sich in Windeseile im ganzen Ort. Im Lebensmittelladen am Markt tratschten die Leute und übertrumpften sich mit Neuigkeiten. Ich finde das in unserem kleinen Dorf furchtbar.

Nach einigen Tagen besuchten Ulla, Uta und ich Herrn Diehsel im Krankenhaus. Es ging ihm sichtlich besser. Wir brachten ihm Grußkarten und Zeichnungen „seiner Fahrschüler" mit.

„Ich wusste gar nicht, dass die Rasselbande solche Anfälle von Mitleid haben kann", scherzte er freudestrahlend.

„Und wir wussten gar nicht, dass man sich an einen Busfahrer so gewöhnen kann", konterten wir.

Hiddensee

Der Wind rast übers Meer
und peitscht das Wasser zu Wellen zusammen.
Ihr Weg scheint endlos, ungebremst.
Und doch brechen Bojen ihre Stärke!
Vereinzelt, matt streicheln sie das sandige Ufer –
Zärtliche Berührung.
Die Sonne fängt kleine Tropfen,
andere verenden im Sand.

Eine Möwe sucht eifrig nach Nahrung.
Ihr Schrei erstickt im Getöse.
Der Geruch von Tang verfängt sich in jedem Atemzug

Und einander ganz nah
erleben wir die Faszination dieses Spiels.
Vereint im Sein und im Geist
Und doch mit der Freiheit der Sinne….

Wir leben mittendrin!

Mit den Sinnen

Schließ deine Augen und reiche mir deine Hand,
erlebe alles um dich her mit deinen Sinnen!

Spürst du den Wind?
Er streichelt dein Gesicht; lässt deine Haare tanzen,
säuselt um deine Ohren und vertreibt deine Angst.

Fühlst du die Kraft der Sonne?
Sie überzieht deinen Körper mit Wärme,
kitzelt deine Nase und legt sich als wohlige Decke über deine Seele.

Hörst du das Meer?
Es plätschert leise und monoton, klatscht gegen Felsen am Ufer,
dann rauschen kraftvoll die Wellen und spülen deine Sorgen weg.

Erkennst du den Geruch des alten Bootes?
Es riecht nach Teer und Tang und Fisch.
Ruhe strahlt es aus und könnte doch tausend Geschichten erzählen
vom bewegten Leben an Bord.

Fühlst du die Magie seines Holzes?
Es ist rau und doch auch glatt.
Die Ereignisse schnitzten Narben in die Oberfläche,
und es trotzt weiter Sturm und Wasser,
kann sich geschmeidig in den Wellen wiegen.

Hörst du den Schrei der Möwe?
Sie kreist um das Boot, ruht auf dessen Masten,
um dann in die endlose Weite zu entfliehen.

Ihr Schrei erstickt im Rauschen des Wassers und im Raunen des Windes.

Schmeckst du die Luft?
Ein Hauch von Salz liegt auf deiner Zunge,
und doch ist der Geschmack eher bitter-süß;
Wie die Sehnsucht, die sich in Gedanken verbreitet,
Sehnsucht nach Unendlichkeit.

Öffne deine Augen und erkenne den Druck meiner Hand!
Nichts hat sich geändert, aber jetzt kannst du auch alles sehen!

Beobachtung

Ein anderer Morgen:
Die Dämmerung lag noch tief
und doch erwacht neues Leben.
Taumelnd zwischen Traum und Realität
Erleben, wie die magische Anziehungskraft fesselt.
Tobende Klänge, wildes unbändiges Rauschen –
Es lähmt.
Ein Gefühl der Sehnsucht und doch Freiheit.
Keine Ahnung von der Weite bis zum Horizont.
Ehrfurcht und innere Zerrissenheit.
Endlich sagt man: Guten Tag

Das Spiel der Farben.
Licht und Schatten in strenger Trennung –
Oder doch Harmonie?
Die Melodien der Unendlichkeit.
Leises Rauschen gegen aufbäumende Gischt –
Oder doch Einklang?
Das Wasser reinigt die Seele,
der Wind verdrängt die Zweifel

Ich bin hier!
Sieh, ich bin mittendrin!

Leise Schritte,
es ist ein stiller Abschied.
Wellen und Wind gleichen einer Faszination
Ruhe –
Innerliche Ruhe macht sich breit.
Aber ein „Auf Wiedersehen" macht traurig;
Besser heißt's: „bis bald…"

Zempin 1981

Am Strand
saßen zwei Kinder im Sand.
Sie spielten, versunken in ihrer Welt,
die sie ausfüllt und ihnen gefällt.

Ich lauschte ein wenig und lächelte leis.
Der kleine Knabe erbrachte dem Mädchen seinen Liebesbeweis.

Sie hielten ihre Hände,
und er fragte verlegen, wie sie's denn fände,
wenn sie sich ein Küßchen geben.

Nach einem Zählreim,
wer wohl der erste im Vergeben wird sein,
ward es vollbracht.
Dann standen sie auf,
rannten zum Wasser
und haben kindhaft herzlich noch gelacht.

Im Reich der Musik – Konzert im Dom

Heilige Hallen –
wuchtig, prunkbeladen
ausgefüllt mit Tönen, die provozieren.
Akustik lässt den Widerhall unter der Kuppel schweben.
Andächtig lauschende Zuhörer.
Das Klangvolumen der Orgel erzeugt vibrierende Körper.
Dann Ruhe.
Andacht?
Leises Spiel der Panflöte.
Hören, fühlen, eintauchen…
Erleben, wie Musik Geschichten erzählt:

Weit weg vom Trubel der Zeit zieht der Feuervogel am Himmel seine
Kreise.
Ruhig fliegt er durch die klare Luft;
Einem Adler gleich, majestätisch und atemberaubend.
Sein langgezogener Ruf stößt kraftvoll in die Weite.
In seinem prachtvollen Gefieder schimmern tausend Farben.
Er leuchtet, blendet.
Urplötzlich ein strahlendes Rot –
Ein Vogel aus Feuer…

Wasser plätschert lustig über abgerundete Steine.
Ein lauer Wind trägt geschmeidig ein Blatt in die Höhe.
Es tanzt, fliegt, taumelt,
um sich dann im saftigen Grün auszuruh'n.
Eine Libelle hockt im Gras,
genießt die letzten wärmenden Strahlen der Sonne.
Der Tag nimmt Abschied…

Das Echo klatschender Hände zerreißt die Gedanken.
Die Fantasie bleibt!

Fremdes Land

Fremdes schönes Land:
Ein Dschungel an Gefühlen zieht mich in seinen Bann,
fern von der Heimat meiner Seele.

Fremdes schönes Land:
Die Fantasie verleiht mir Flügel.
Ich bin immer auf dem Weg zum Horizont.

Fremdes schönes Land:
Wenn die Sehnsucht schon mal weh tut,
hilft deine Stille der Nacht.

Fremdes schönes Land:
Ich will meine Gedanken nicht verdrängen.
Ich lebe mit ihnen in dir.

Fremdes schönes Land:
Ich habe Angst vor deiner unbekannten Allmacht,
aber ich liebe das Risiko.

Fremdes schönes Land:
Ich weiß, ein Stern wird mich ewig begleiten.
Ich kenne seine leuchtende Kraft.

Fremdes schönes Land:
Werde ich dich jemals richtig kennen?
Ich werde dich suchen- ganz allein.

Der Flug ins Paradies

„Kannst du mir verraten, warum bei Langstreckenflügen stets solche nervenaufreibenden Filme gezeigt werden?" Anika versuchte, ihr
zerknülltes Taschentuch zu glätten. Ohne eine Antwort abzuwarten
fragte sie Nico weiter:"Ob die Zähne eines Haies wirklich so groß sind?
Gibt es überhaupt solche Biester in der Nähe unseres Ferienortes?" Bei
dieser Frage wirkte sie sehr beunruhigt, verwarf aber bald darauf ihre
Bedenken und grinste verlegen.

„Ach Quatsch, ist doch alles nur Film! Dass du immer alles glauben
musst, was man in den Medien unter die Leute bringt."

Für Nico war damit die Unterhaltung zu diesem Thema beendet.
Anika war wirklich ein Angsthase. Im Moment interessierte ihn der
Ausblick auf die Miniaturwelt unter ihnen mehr, als die Geschehnisse
mit dem Weißen Hai zu diskutieren.

Mit der Zeit schien auch seine Freundin die Eindrücke des Bord-
programmes verarbeitet zu haben. Deutlich war ihr anzusehen, dass
sie nur noch an den bevorstehenden Urlaub dachte.

Nach fünf Stunden Flug eilte das Paar voller Vorfreude, doch mit
etwas wackligen Beinen, die Gangway hinunter. Kein Wölckchen
bedeckte den Himmel. Die Sonne ballerte gnadenlos auf sie herab.
Man konnte fast glauben, die Körper der Menschen wirkten wie ein
Magnet und reizten sie, ihre Strahlen regelrecht in sie hineinzuboh-
ren.

Im Transferbus herrschte rege Unterhaltung. Staunende Augen
betrachteten die vorbeiziehende Landschaft. Außer einer Unmenge
Opuntien und verdorrtem Gras sah man nur verbrannte braune Erde
und jede Menge Müll an den Straßenrändern. Einheimische hockten
vor ihren Lehmhütten im Schatten von Olivenbäumen und dösten
friedlich vor sich hin.

„Wie wird nur das Urlaubsdomizil aussehen?", dachten Anika und
Nico wohl gleichzeitig.

Der Ventilator im Empfangsraum rotierte unentwegt und erzeugte ungewohnte Geräusche. Eigentlich wirbelte er aber nur die warme Luft durcheinander. Von Abkühlung keine Spur.

Zum Glück gab es auf den Zimmern Klimaanlagen. Nico warf sich vollkommen geschafft auf das Bett. Die lange Reise hatte ihn müde und schläfrig gemacht. Anika inspizierte unterdessen interessiert die Einrichtung. Nachdem sie schon freudig überrascht worden war über die weitläufige, gärtnerisch genial angelegte Hotelanlage, fand sie auch jetzt innerhalb ihres Zimmers keinen Grund zur Beschwerde. Beruhigt und glücklich schmiegte sie sich bald an ihren Nico heran und schlief ebenfalls ein.

Laute fröhliche Musik drang durch die geöffnete Balkontür. Fremde Stimmen und schrilles Lachen trafen aufeinander, und ein süßer Duft von blühendem Jasmin durchzog den Raum. Sterne zierten den Himmel.

Die beiden Langschläfer begaben sich nach kurzer Renovierung zur Bar am Swimmingpool. Sie genossen das Essen unter freiem Himmel. Die ungewohnten Aromen und der typische Geschmack des Olivenöls waren allerdings gewöhnungsbedürftig.

Lauer leichter Wind streichelte ihr Haar, dämmriges Licht und die Klänge ungewohnter Melodien verzauberten den Abend und ließen sie glauben, sie seien in einem Märchen.

Hand in Hand schlenderten beide die Uferpromenade entlang. Der Weg war überfüllt mit bummelnden Touristen und Landsleuten, die die kühlen Abendstunden zur Erholung nutzten, sich zu Plaudereien trafen oder nur andächtig dem Rauschen des Meeres lauschten.

Nico entdeckte schon von weiten einen kleinen Fischerhafen. Auch dort waren Menschen, zogen genüsslich an ihrer Wasserpfeife und unterhielten sich angeregt. Die Gesichter der Fischer waren vom Wind, Wetter und den Anstrengungen ihrer harten Arbeit gezeichnet, und trotzdem strahlten sie, als das Paar in ihr kleines Reich vordrang.

Mit Händen, Füßen, gebrochenem Englisch, heftigen Kopfbewegungen oder stillem Lächeln begann eine Unterhaltung der besonderen Art. Die Mentalität der Menschen beeindruckte Anika.

Der Mond stand schon hoch am Himmel, als die Fischer sie mit einer Idee überraschten. Ein älterer Mann, dessen Boot sich gleich am nahen Steg gemächlich hin und her wiegte, reichte Anika einladend die Hand zur Ausfahrt. Nico betrachtete ihren Einstieg grinsend. Das Gefährt wackelte bei der geringsten Bewegung wie eine Nussschale im Wasser. Sonderbar, jetzt vermisste er regelrecht die ängstlichen Gebärden seiner Freundin. Irgendwie hatte sie hier gar keine Hemmungen mehr. Nahe bei Nico sitzend, mit dem Kopf auf seinen Schultern liegend, ließ Anika ihre Augen übers Wasser wandern. Die Lichter der Häuser spiegelten sich darin und malten sonderbare Bilder. Lustig tanzten die Farben im Takt der wenigen Wellen. Als ihr Blick zum Himmel glitt, bemerkte sie, dass Vollmond war.

Das monotone Rauschen des Meeres veranlasste sie zum Träumen. Ein Fischer spielte auf der Mundharmonika ein melancholisches Lied, und die anderen summten leise mit.

„So muss es im Garten Eden sein", murmelte das Mädchen leise ihren Freund ins Ohr. Er küsste sie behutsam auf die Stirn und sank in die Stille des Augenblicks.

„Ich frage mich allen Ernstes, was deine Schwester immer gegen dieses Urlaubsland hat? Das Wetter stimmt doch", dabei sah Nico gönnerhaft an sich herab und präsentierte machomäßig seine tadellose Bräune, „die Leute sind überaus nett und gastfreundlich dazu, naja, und an die Zusammenstellung der Gerichte kann man sich auch gewöhnen."

„Ich weiß auch nicht warum", sagte Anika, die sich nur ungern in ihrer Urlaubsgrußschreiberei unterbrechen ließ. „Auf jeden Fall werde ich bei ihr in den höchsten Tönen von hier schwärmen, und das ist durchaus nicht gelogen. Sie hat überhaupt keine Ahnung, dass wir mitten im Paradies gelandet sind." „Stimmt", sagte Nico, nahm ihr den Kuli aus der Hand, zog sie schnell an sich heran und küsste sie leidenschaftlich.

Freiheit

…meine Gedanken in Dimensionen kreisen lassen, die einst begrenzt
waren
…Gefühle zu erkennen, die sich einst im Dunkel verbargen
…Träume zu leben, die einst utopisch erschienen
…ein Lachen zu tragen, das einst durch Mauern schielte
…Tränen rinnen zu lassen, die einst das Gesicht schnitten
…Berührungen zu spüren, die einst nur die Haut streiften
…ein Leben zu genießen, das einst so klein war
…deine Liebe zu empfangen und mich fesseln lassen …

Geschichte und Geschichten

Die Sonne quält sich durch des Nebels Schleier.
Geisterhände reißen Fetzen aus der düsteren Decke.
Licht!
Die Silhouette einer mauerumfriedeten Stadt lodert in orangener Farbe.
Verspielt tanzen die Schatten uralter Bäume an schmucklosen Wänden.
Mysterium!
Der Zauber längst vergangenen Lebens umschließt schlichte Fassaden.
Verblasste Spuren beherbergen rätselhaftes Dasein.
Begegnung mit den Zeugen der Vergangenheit.
Eintauchen, erschließen, zurückgehen-
Phantastische Reise ins vergangene Gescheh'n.
Mächtige Mauern gewähren Einblick ins geschäftige Treiben.
Vorstellungskraft ermöglicht Unmögliches zu sehen:
Feuer knistert flackernd im Ofen, während ein dampfender Kessel sprudelt.
Schwarzer Ruß erklimmt die Wand.
Auf der Treppe sitzen Frauen mit Häubchen und rupfen Vieh.
Lachende Kinder rennen zum Brunnen, neckend, mit selbstgeschnitzten Pfeifen aus Holz.
Ihre Kleider sind schmutzig und Staub legt sich auf ihr Gesicht.
Ein Hund kläfft und aufgescheuchtes Federvieh flüchtet gackernd in Sicherheit.
Von irgendwo vermengen sich Klänge einer Laute mit dem Hämmern von Eisen.
Stimmengewirr und Schwefelgeruch.
Schweißgetränkte Knechte balancieren Kornsäcke über bemooste Steine.
   Ihre Schritte sind sicher, trotz schwerer Last.

Ochsen vor ihren Gespannen harren geduldig in glühender Sonne.
Sie grasen spärliche Halme von fast verbrannter Erde.
Angetrieben durch nimmermüdes Wasser kreist das Rad der alten Mühle,
während an anderer Stelle des Baches fleißige Hände Leinen säubern.
Hinter weit geöffnetem Fenster hockt ein Mann im schwarzen Gewand.
Er schwingt geschickt seine Feder über das ausgerollte Pergament.
Ein Mönch eilt mit hastig kurzen Schritten ins dominierende Gebäude am Platz.
Das pyramidenförmige Dach gleicht einem Turmhelm.
Seine Zinnen durchbohren vorüberziehende Wolken.
Glocken läuten.
Ihre dumpfen Töne verhallen in der Weite…

Für einen kurzen Moment gedankenverloren-
Kundschafter in Jahrhundertträumen-
Begegnungen erahnen, Geschichte erleben, das Heute genießen….

Irrwege

„Ja, hier geht's endlich talnab." Das Gesicht des Jungen hatte plötzlich fröhliche Züge. Seine Augen leuchteten und sein Mund öffnete sich zu einem zufriedenen Lächeln. Dabei konnte man deutlich die riesige Zahnlücke erkennen, welche aber in diesem Moment von keinen von uns als störend empfunden wurde.

Aufgeregt spielte der Junge mit den Riemchen seines himmelblauen Rucksacks, während er mit dem überdimensionalen Wanderstock mehrmals heftig auf den Boden stampfte.

In seinem urbayrischen Dialekt bekundete er, dass der jetzt eingeschlagene Weg der richtige sei. Hier kannte er sich wieder aus. Diese Gegend war ihm vertraut und er fühlte sich sichtlich wohl nach dieser Erkenntnis.

Die Strahlen der Sonne forderten unsere kleine Wandertruppe, bestehend aus zwei angeblich gestandenen Wanderern, zwei Normalspaziergängerinnen und den dazugehörigen, ebenfalls zwei, abenteuersuchenden Kindern, auf, die Umgebung des Urlaubsdomizils näher zu erkunden.

Schon während des kräftigen Frühstücks hatten wir die kühnsten Pläne geschmiedet.Vorschläge waren unterbreitet und wieder verworfen, rege Diskussionen geführt worden und schließlich hatten wir uns darauf geeinigt, per pedes loszuziehen, um die Natur pur zu genießen.

Kurt, der Sohn der Gastgeberfamilie, erklärte sich sofort bereit, uns zu begleiten.

Er war mit seinen sieben Jahren ein recht aufgewecktes Kind. Immer hatte er kesse Sprüche auf den Lippen und wir amüsierten uns kräftig über seine Ausdrucksweise. Manchmal fiel es nicht leicht, seine Worte zu verstehen. Er sprach schnell und in seiner Mundart. Durch seine Zahnlücke zischten einzelne Laute bis zur Unkenntlichkeit davon.

Als wir aufbrachen, breitete sich eine Bilderbuchlandschaft vor uns aus. Die Wiesen trugen ein saftiges Grün, unterbrochen von den roten und gelben Farbtupfen des Klatschmohns und der Schafsgarbe.

Wir beobachteten Käfer, die mühsam an Grashalmen nach oben strebten, sahen neidvoll Schmetterlingen nach, die spurlos im Nichts abtauchten und lauschten dem Gesang der Vögel.

Fasziniert von der Schönheit der Natur spazierten wir geradewegs ohne Ziel voran.

In weiter Ferne standen majestätisch hohe, noch schneebedeckte Berge. Vereinzelt schien es, als würden vorbeiziehende Wolken an ihnen hängen bleiben.

Bäume spendeten erholsamen Schatten. Als wir an einem kleinen Bach kamen, machten wir Rast.

Die mitgebrachte Brotzeit mundete nach der ausgedehnten Wanderei vortrefflich. Alle Zeit der Welt gehörte uns; glaubten wir.

Die Sonne stand schon ziemlich hoch am Himmel, da zogen wir weiter. Keiner hatte eine Ahnung, wohin uns der Weg führen würde. Da aber Kurtchen als Anführer vorneweg spazierte, trollten alle anderen sorglos hinterher.

So war schon einige Zeit ins Land gestrichen und die Abenteuerlust der zwei mitwandernden Kinder schien erschöpft zu sein.

„Wann sind wir endlich wieder zuhause?" wollten sie unmißverständlich wissen.

Das ständige Auf und Ab über Wiesen, kleine Anhöhen und Wälder hatte sie ungeduldig werden lassen und sie drängten Kurt, endlich den kürzesten Weg nachhause anzusteuern.

Anfangs bemerkte keiner seine Unsicherheit, doch als nach mehreren angeblichen Abkürzungen über unebene Wege immer noch nicht das Haus seiner Eltern in Sicht war, wurde er nervös und ihm war weinerlich zumute.

Es stand fest: Wir hatten uns verlaufen.

Die Stimmung der Kinder sank auf den Tiefstpunkt. Sie malten sich die sonderbarsten Gegebenheiten aus.

Was ist, wenn die Nacht kommt und wir immer noch hier sitzen? Vielleicht gibt es Wölfe oder gar Geister?

Ihre Fantasien kannten keine Grenzen und Angst zeichnete sich in ihrer Unterhaltung ab.

Kurt fand das auch überhaupt nicht lustig. Er verfolgte vielmehr haargenau unsere Überlegungen. Glücklicherweise verfügten wir in den Wanderutensilien über einen Kompass, vierfach unterschiedliche sogenannte „Pfadfindererfahrung" und einen etwas besseren Orientierungssinn als er.

Den gleichen Weg zurückzulaufen wäre zeitlich nicht möglich gewesen, also bot der Kompass den gesuchten Ausweg.

Wieder führte uns der Weg über Berg und Tal, durch dickes Unterholz und über großflächige Wiesen. Auf einer Anhöhe wollten wir überprüfen, ob der eingeschlagene Weg auch der richtige sei.

Auf einmal wurden Kurts Schritte schneller. Als erster stand er oben und erklärte freudestrahlend, dass nur noch ein kurzer Abschnitt nach unten bewältigt werden müsse.

Von fern konnte man die Silhouette seines Elternhauses erkennen. Wir hatten es geschafft.

Beim Abendbrot im Kreise der Familie redete anfangs keiner über unseren Tagesausflug, bis jemand feststellte, dass wir übermäßig lange unterwegs gewesen waren.

Kurt wurde sichtlich blass. Wie sollte er, der „gestandene Anführer" die Situation erklären?

Seine beiden Freunde retteten die Lage.

„Wir hatten einen ausgezeichneten Führer, der uns alles genauestens gezeigt und erklärt hat. Das braucht eben seine Zeit!"

Plagegeister

Die Luft war wie Seide. Ein leichter Wind streichelte mein Gesicht und ließ bei schneller Fahrt die Haare fast schwerelos schweben.

Es war ein wunderschöner Sommertag. Man konnte die Wärme förmlich riechen.

„Wie gut, dass wir so zeitig losgefahren sind", hörte ich Susis Vater noch sagen, und schon rauschte er an uns vorbei.

Bobby, der geliebte vierbeinige Freund, hatte alle Mühe, seinem Herrchen zu folgen. Für sein hohes Hundealter war er noch gut in Form. Meine Freundin und ich amüsierten uns über seinen Versuch, die kleine Radfahrergruppe ständig zusammen halten zu wollen.. Kaum gab es einen Spitzenreiter, schon kläffte er hinter den anderen her, sie mögen sich beeilen.

Susi, ihr Vater und ich taten ihm manchmal den Gefallen und radelten gelegentlich etwas schneller. Solange der Weg eben war reichte die Kraft in den Beinen, ohne große Anstrengungen dieses Radrennen zu wiederholen.Unsere Mütter hingegen schwatzten ausgelassen bei ruhigem Tempo von irgendwelchen Dingen. „Weiberkram" nannte der einzige Mann in unserer Runde solche Gesprächsthemen.

Wir waren schon eine ganze Weile unterwegs, als wir beschlossen, eine kurze Rast einzulegen. Eine Wiese lockte regelrecht zum Verweilen. Ich hätte nie gedacht, wie herrlich ein zweites Frühstück unter strahlend blauem Himmel sein kann. Das einzige, was mich ein wenig störte, waren die hartnäckigen Attaken der Fliegen, die unentwegt ihre Landung auf meinen Armen und Beinen testeten. Zum Glück war ich nicht das einzige Opfer ihrer Angriffe. Selbst Bobby hatte mit ihnen zu kämpfen.

Erst schnappte er ziellos in die Luft, um sie zu fangen, dann rannte er wütend seinem Schwanz hinterher, drehte sich ständig im Kreis und taumelte kurzzeitig, als er zur Ruhe kam. Kaum hatte er sich besonnen, begann das Spiel von neuem. Nach und nach waren wir damit beschäftigt, ihn zu beobachten, ihn anzufeuern, sich noch schneller zu drehen oder ihm freundlich aufs Hinterteil zu klopfen.

Bald war Bobby dieser Situation überdrüssig und mit treuem Hundeblick und wedelnden Schwanz bat er uns, wieder aufzubrechen.

Wir saßen schon starklar auf unseren Rädern. Susis Vater räumte noch die letzten Spuren unseres Picknicks zusammen, als sich der Hund wutentbrannt auf das Hinterrad des im Gras liegenden Drahtesels stürzte und kräftig zubiss.

Zwei Fliegen tummelten sich dort ausgelassen und flogen schnell davon.

Erschrocken blickten wir uns an. Als wir aber das leise Zischen der entweichenden Luft vernahmen und den Gesichtsausdruck Susis Vaters dabei betrachteten, begannen alle zu lachen.

Eigentlich hatte Bobby doch nur Plagegeister vertreiben wollen.

Der Reifen wurde geflickt.

„Fass Bobby!" riefen wir noch nach Wochen, wenn wir mit dem Hund unterwegs waren und irgendwo Fliegen erblickten.

Sonnenfinsternis

Stille-
kein leises Rauschen der Blätter im Wind,
kein Vogelgesang zeugt von Leben.
Selbst die Regentropfen verstummen.

Dunkelheit löst Andacht aus.
In kurzen Bruchteilen einer simulierten Nacht
stockt das Blut in den Adern.

Wie hilflos und klein ist der Mensch
angesichts dieser unendlichen Größe der Wunder in der Natur?
In sich gekehrt spürt jeder ein Schaudern.

Wortlos und doch voller drängender Gedanken-
die Faszination eines kurzen Augenblicks;

Und plötzlich ist alles so, wie es war-
wärmende Strahlen wecken neue Impulse!

Novembernebel

„…und hier noch der Wetterbericht für unsere Region…"
Ich drossele die Lautstärke des Autoradios. Auf diese Meldung bin
ich gar nicht so versessen. Was könnten die schon positives zu sagen
haben?

Wenn es für mich einen Monat im Jahr gibt, den ich überhaupt nicht
leiden kann, dann ist es der November. Die letzten warmen Sonnenstrahlen gehören der Vergangenheit. Der nahe Winter kündigt sich
mit Frühreif und Morgennebel an. Oftmals gleichen Fahrbahnen einer
Schlitterstrasse. Glitschiges Laub, Schlammspuren und Feuchtigkeit
durch ständigen Nieselregen erfordern die ganze Konzentration beim
Autofahren.

Mein Blick schweift durch die Frontscheibe auf die an mir vor-
beisausende Natur. Grau und schwarz sind die Farben, die mich
umgeben. Bäume strecken sich kahl zum Himmel. Sie wirken ohne
ihr schmückendes Laub bedrohlich, fast gespenstisch. Erst kurz vor
siebzehn Uhr und schon verfängt sich die Abenddämmerung in den
leeren Ästen und beginnt nach und nach alles mit dem Schleier der
Nacht bedecken zu wollen. Das Licht der Scheinwerfer konstruiert
die sonderbarsten Schatten. In meinen Gedanken spuken Vorstellungen von Dingen, die plötzlich geschehen könnten. Automatisch
gebe ich Gas. Ich will schnell nach hause, denn trotz eingeschalteter
Heizung fange ich an zu frieren. Meine Hand betätigt die Tasten
der Senderspeicher. Wahllos schalte ich von einem Programm aufs
nächste. Als auf einmal Juliane Werdings Stimme „Nebelmond" zu
mir singt, muss ich selbst fast hysterisch lachen. Das ist ja wie in
einem schlechten Krimi, denke ich und zünde mir eine Zigarette
an. Wieder starre ich konzentriert auf die Fahrbahn, schiele durch
die Augenwinkel nach rechts und links zum Strassenrand und kann
außer den Konturen von vertrockneten Gras und niedrigen Büschen
nichts Abnormales entdecken.

Als ich nach einer scharfen Rechtskurve im Scheinwerferlicht das Ortseingangsschild aufblitzen sehe, werde ich ruhiger. Die Anspannung lässt nach. „Was hast du dir nur für einen Film geschoben?", frage ich laut vor mich hin.

In einem kurzen Augenblick der Unachtsamkeit sehe ich einen schwarzen Schatten über die Strasse eilen. Erschrocken trete ich auf die Bremse. Ein riesiger Fehler. In Sekundenbruchteilen handle ich entgegen jeder Vernunft und die Strassenverhältnisse tun ein übriges. Nach einer Rutschpartie lande ich im Strassengraben. Ich kann mich nicht bewegen…..

„Guten Morgen." Eine vertraute Stimme holt mich zurück. Ich bin schweißgebadet. Was war geschehen?

Ich schaue mich im Zimmer um.

Auf dem Tisch liegt die Zeitung vom Vortag. Das Titelbild zeigt ein Foto mit einem im Graben liegenden Auto, daneben ein schwarzer Hund.

Nein, einen solchen Wagen fahre ich nicht.

Erste Begegnung mit dem Tod

Der Tod-
was ist das eigentlich?
Ein Mensch wird aus der Mitte seiner Lieben gerissen-
Tränen
seelischer Schmerz.
Der Tod-
das Ende eines Lebens?
Es ist schlimm einen Menschen zu verlieren, den man liebt!
Man erweist ihm die letzte Ehre
und dann?
Gibt es ein Leben nach dem Tode?
Wer geliebt, und geehrt und geachtet wurde ist nicht tot!
Er lebt im Herzen der Hinterbliebenen weiter!

Trauer

Tausende Gedanken
Tausende Fragen, die unbeantwortet bleiben
Tausende Erinnerungen…

Ein Spruch:
„Nicht weinen, dass es vorüber,
sondern freuen, dass es gewesen!"

Ein Leben lang;

Momente des Glücks festhalten
Momente des Leides verinnerlichen
Tränen der Freude und des Schmerzes hervorholen
Innige Umarmung und heftige Meinungsverschiedenheiten rekonstruieren
Licht und Schatten auf der Seele erkunden

Ein Leben lang;

Über jede gemeinsame Stunde freuen
Über jeden vergangenen Streit hinwegsehen – er war konstruktiv.

Kleine Momente der großen Vergangenheit im Herzen bewahren
unwiederbringlich und doch so wertvoll
Vorstellung, das Leben zieht nur in eine andere Welt
Reise ins leuchtende Unbekannte
Überzeugt sein, da oben strahlt ein Stern nur für dich
Dann ist alles endlos.

Und das Echo der Worte:
„Ich habe mein Leben wirklich gelebt und konnte in Ruhe sterben"
erhält einen Sinn…

Der Himmel ist rot

Langsamen Schrittes folgte ich den Leuten, die vor mir durch dieses eiserne Tor gingen. Ihre Schritte waren schwer und doch stetig.

Krampfhaft versuchte ich mit weit geöffneten Augen einen winzigen Spalt zu entdecken, durch den ein paar Sonnenstrahlen zur Erde dringen konnten. Der Regen verwischte den Blick. Auf meiner ausgestreckten Hand perlten Tropfen und fielen schließlich hinab ins Nichts.

Ich erreichte das helle, große Haus und betrat andächtig den gewölbeähnlichen Bau.

Vor dem schwarzen Gefäß, der Urne, blieb ich stehen. Sie wirkte fast verloren zwischen den riesigen Blumengebinden und Kränzen. Weiße Rosen zierten ihren Deckel, weiße Nelken so manchen Strauß.

Weiß- die Farbe der Trauer? Der Unschuld? Der ewigen Sehnsucht?

Auf meinem Stuhl sitzend schweifte mein Blick zu den anderen Trauergästen, dann, ohne auch nur meinen Kopf zu bewegen, wanderten meine Augen durch den Raum.

Altarkerzen flackerten mit kleiner Flamme, hohe kahle Wände wirkten dominierend, fast bedrohlich. Ein schmuckloses Holzkreuz, keine Ablenkung für schmerzende Augen, und immer wieder dieses Weiß…

Im Kuppeldach waren zwei kleine runde bleiverglaste Scheiben, neben den Blumen der einzige Farbtupfer überhaupt. Ob dahinter die Wolken entlang zogen?

Als ich am Deckenleuchter nach dem Anfang und dem Ende seiner vielen Verzierungen und Windungen suchte, begann ganz leise, dann immer energischer das eingespielte Lied die Herrschaft über meine Gedanken zu übernehmen:

„Oui je t'aime- der Himmel ist rot. Niemand, den du liebst ist tot. Oui je t'aime- der Himmel versteht, jeder, der geliebt wird, lebt!"

Ich kannte den Text und die Interpretin.

Die folgende Trauerrede vernahm ich wie aus weiter Ferne. Ich war hierher gekommen, um mich zu verabschieden. Zu verabschieden von einem Menschen, den ich eigentlich gar nicht so gut gekannt hatte. Meine Gedanken liefen davon. Sie versetzten mich in eine längst vergessen geglaubte Zeit, an einen Tag vor zirka achtzehn Jahren.

Aus gesundheitlichen Gründen musste ich damals mein Studium abbrechen und verspürte darüber eine innere Wut. Ich wusste nichts Rechtes mit mir anzufangen. Meinen Traumberuf konnte ich nicht verwirklichen und neue Vorstellungen von der Zukunft hatte ich auch nicht. Dieser Zustand machte nicht nur mir zu schaffen, sondern beunruhigte auch meine Mutter. So blieb es nicht aus, dass sie über ihre Sorgen mit ihrer Arbeitskollegin sprach und diese wiederum ihre Familie einweihte.

Sybille, die Tochter der Familie war zur gleichen Zeit ebenfalls gezwungen, der Gesundheit wegen ihre begonnene Ausbildung abzubrechen. Ich kannte den genauen Grund nicht. Beiläufig hatte ich einmal gehört, dass sie Depressionen und starke Schuldgefühle plagten.

Und genau diese Tochter schlug meiner Mutter vor, sich einmal mit mir zu treffen.

Auf eine belanglose Unterhaltung mit einer fremden Person hatte ich nun überhaupt keine Lust. Dem Drängen meiner Mutter gab ich aber schließlich nach, und während meine Freunde sich beim Baden vergnügten, nahm ich die Einladung widerwillig an.

Der Wind blies mir durch die halb geöffnete Scheibe des Visiers. Die Sonne kitzelte meine Nase. Ich lauschte den Klängen meines Mopeds, konnte die Luft regelrecht schmecken und ärgerte mich insgeheim, nachgegeben zu haben.

Meine Finger suchten den Klingelknopf und ich fragte mich immer noch, was ich eigentlich hier wolle.

Ein schlankes, schwarzhaariges Mädchen öffnete mir die Tür. Ihre Gesichtszüge waren fein gezeichnet. Mir fielen sofort ihre ungewöhnlich schönen dunklen Augen auf. Sie wirkte liebenswürdig und strahlte einen wendigen Charme aus. „Komm rein, ich habe dich schon erwartet", begrüßte sie mich freundlich. Ich betrachtete sie argwöhnisch. Ich hätte schwören können, dass wir beide nie einen gemeinsamen Gesprächsstoff finden würden. Das belanglose Eröffnungsgerede zeigte dann auch gleich, wie fremd wir uns waren. Sybille überspielte gekonnt diese Situation. Ich kam mir wie ein Eindringling vor und grinste verlegen. Sie hingegen sprach ohne Scheu wie mit einer alten Bekannten: „Schön, dass du Zeit gefunden hast. Möchtest du was trinken?" Ohne auch nur eine Antwort abzuwarten, schwenkte sie eine Colaflasche durch die Luft und schob mich sanft, aber bestimmt in ihr Zimmer.

Dort spielte Musik im Hintergrund. Komisch, es war Musik, wie ich mochte. Bücher stapelten sich in und vor den Regalen, sonderbarerweise auch die Lektüre, die ich bevorzugte.

Ich nahm einen Gedichtband zur Hand und zitierte daraus für mich markante Stellen. Hier trafen sich unsere Interessen.

Eine neue, faszinierende und manchmal rätselhafte Sybille erwachte zum Leben. Wir entdeckten unsere gemeinsame Liebe zur Literatur und die Fähigkeit, eigene Gedanken und Gefühle in Worte zu fassen. „Sag bloß, du schreibst Gedichte", sagte sie spontan. Ihre Finger spielten mit dem Glas, das auf dem Tisch neben ihr stand und beinahe durch eine ungeschickte Bewegung umgekippt wäre. „Hätte ich jetzt gar nicht vermutet." „Wieso, sehe ich so unintellektuell aus?", wollte ich spitzbübisch wissen. Wir verfielen in ein kleines Wortgefecht und wandten uns dann wieder unserem Thema zu.

Nach und nach vermochte sie es, mich zu fesseln. Sie entwickelte sich zu einer geistreichen, herausfordernden, und doch sensiblen Gesprächspartnerin. Während sie redete, gestikulierte sie viel. Ihre Stimme schwankte zwischen melodiös und hastig, zwischen nachdenklich, leise und übertrieben heftig.

„Weißt du, ich habe irgendwann mal damit angefangen, Dinge in meinem Leben aufzuarbeiten, zu analysieren. Auch wenn es nur Gedankenfetzen sind, ich schreibe alles auf. Manchmal wird ein Gedicht daraus. Eigentlich schreibe ich das alles nur für mich allein, aber ich möchte dir diese Schreiberei einfach mal zeigen. Ich glaube, du verstehst mich am ehesten. Aber lach mich bitte nicht aus. Ich bin kein Poet."

Ich vertiefte mich in ihre Werke. Sie beobachtete mich schweigend.

Meine Augen erfassten präzise, klare Worte. Ich hatte das Gefühl, sie stammten aus der Feder eines Sprachtalentes. Manches las ich mehrfach. Die Themen waren so beeindruckend, geheimnisvoll beschrieben, teilweise fast mystisch.

„Dinge aus meinem Leben", schoss es mir durch den Kopf. „Mein Gott, was geht in ihr vor, wenn sie sich mit Liebe und Hass, Leben und Tod so eindringlich beschäftigt?"

Minutenlang reagierte ich nicht auf das Gelesene. Für mich war es viel zu verblüffend, jemandem begegnet zu sein, der so intensiv dachte und fühlte, sich mit Problemen auseinander setzte, die andere weit von sich weg zu schieben versuchten. Es war fast unheimlich. Wir waren uns zuvor nie begegnet und hatten gewiss nicht vor, dem Anderen einen Einblick in seine kleine innere Welt zu gewähren.

Sybille erläuterte Passagen ihrer Texte. Ich versuchte sie zu verstehen. Wir fantasierten, träumten…

Für wenige Stunden erlebten wir ein Zusammenspiel unserer Sinne, genossen die Möglichkeit, sich treiben zu lassen, sich wortlos zu verstehen. Wir redeten, ohne vorher zu überdenken, ob das, was wir sagen wollten, in diesem Moment auch das Richtige war. Gemeinsam nutzten wir die Gabe, dem Alltag für einen Nachmittag zu entfliehen.

Noch eines fiel mir damals auf; Sybille durchlief die Gemütsskala von A bis Z in einer wahnsinnigen Zeitspanne. Sie zeigte sich mir gegenüber als ein verwirrend vielseitiges Mädchen, als heitere und unterhaltsame Kameradin, als quicklebendige Lebensbereicherin, aber auch als jemand, der in die düstere Stimmung des Zweifels und der Angst vor dem Unbekannten verfiel.

Manchmal machten mich ihre Worte traurig.

Zusammengekauert hockte sie auf dem Sofa. Ihr Blick richtete sich ins Leere. Irgendwie war sie gar nicht mehr in diesem Raum. „Ich frage mich manchmal, warum so viele Dinge so kompliziert sind. Ob es wohl irgendwo einen Ort gibt, wo man glücklich und frei leben kann", meinte sie.

Als wir uns trennten, blieben noch so viele Fragen offen!

Jetzt saß ich hier.

Im Unterbewusstsein hörte ich wieder die Musik.

„Ich geh niemals verlor'n, ich werd wiedergebor'n, in das nächste meiner Leben.

Wir begegnen uns neu und wir lernen dabei, zu vergeben und zu lieben.

Oui je t'aime, der Himmel ist rot......"

Ich lauschte dem Trauerredner, der Sybilles Lebensgeschichte erzählte, und ein stiller Schrei der Trauer dehnte meine Brust. Das wortlose Verharren und die eisige Kälte dieser Mauern ließen mich erschaudern.

Sybille hatte ihrem Leben selbst ein Ende gesetzt. Warum?

Schweigend erhoben sich alle zum letzten gemeinsamen Gang. Der Wind strich durch die Tür und der Regen peitschte unerbittlich hernieder. Der Himmel weinte.

Ich schaute zu ihm hinauf. Nein, Sybille, du hast dich geirrt, er ist nicht rot.

„Ich hoffe, dir geht es besser, dort, wo du jetzt bist", murmelte ich an ihrem Grab und verweilte kurze Zeit.

Im Plattenladen erstand ich am Folgetag ihre Lieblings- CD. Oftmals hintereinander lauschte ich ihren Klängen und versuchte anhand der Texte zu erfahren, was wohl in ihr vorgegangen sein mochte, wenn sie diese Lieder hörte. Wieder handelten sie vorwiegend von Liebe, Hass, Leben und Tod.

Sonderbar, in den vergangenen Jahren war mir die Begegnung mit Sybille nie mehr in den Sinn gekommen, obwohl sie im nachhinein betrachtet, schon von Bedeutung für mich gewesen war. Manchmal trafen wir uns zufällig auf der Straße, blieben kurz stehen, um ein paar Sätze zu wechseln, aber ein erneutes Zusammentreffen dieser Art sollte nie folgen.

Jetzt dachte ich darüber nach, ob ich ihr hätte helfen können. Gewiss begleitete sie eine Art Angst, unverstanden zu sein. Was sind Depressionen?

Hat sie noch mehr geschrieben? Gab es darin vielleicht einen Hinweis auf ihr für alle unverständliches Verhalten?

Dieses Lied ging mir nicht aus dem Sinn:

„:zuerst wusste ich nicht, wo ich war, und ein Licht zog mich hoch in fremde Sphären.

Alle Angst ging vorbei, und ich fühlte mich frei und ich ließ das Licht gewähren…"

Es war nur ein einziger Tag –
und doch habe ich etwas verloren.
Sybille, ich frage dich: „Weißt du jetzt, was das Geheimnis ist?"

Niedere Beweggründe

Es war für ihn noch viel zu früh. Dieter Trojanowsky räkelt sich verschlafen und pellte den zerfetzten Schlafsack von seinem Körper. Nach Minuten der Rückbesinnung konnte er sich erinnern, wo er diesmal die Nacht verbrachte. Sein Blick schweifte oberflächlich durch das verwahrloste Zimmer eines Abrisshauses und haftete kurzzeitig an den beiden Männern, die zusammengekauert seine Schlafstätte teilten.

Mann, war das eine Zechtour. Sein Schädel brummte. Der Lärm darin hatte wieder begonnen. Dieter ließ sich auf sein Nachtlager fallen. Seine Hand tastete nach einer Flasche, die inmitten von Bierdosen, Kippen, Papierfetzen und anderem Müll hervorschaute. Sie war leer. Irgendwo mussten doch noch ein paar Reste des hochprozentigen Gesöffes vom Vortag zu finden sein. Nur damit konnte er das Dröhnen in seinem Kopf betäuben.

Nichts!

Trojanowsky schnellte auf, wickelte seinen Schlafsack eilig zusammen, beäugte argwöhnisch seine Schlafkumpane, während er ihnen mit geübter Fingerfertigkeit das noch vorhandene Geld aus der Tasche klaute und verschwand.

Die Sonne schien und auf der breiten Strasse war selbst in den zeitigen Morgenstunden die Hoffnung auf Schatten nicht gegeben. Dieter Trojanowsky schritt schnell dahin. Er merkte, dass ihm der Schweiß auf der Stirn stand.

Sein Weg sollte ihn zu einem Kiosk führen, wo er für die paar Euro endlich etwas Alkoholisches erwerben konnte. Das Hämmern in seinem Kopf wurde immer intensiver.

Die Strasse begann recht steil bergauf zu führen, daher wurde er langsamer. Schon morgens um viertel nach neun war er so erschöpft, dass er sich eine Möglichkeit zum Ausruhen regelrecht herbeisehnte. Von Weitem erspähte er einen Verkaufstand am Rande des Gehweges und freute sich darauf, endlich anzukommen.

„Ein Helles und einen Weizen dazu." Das Sprechen fiel ihm schwer. Nicht dass er nicht reden konnte, aber sobald er seinen Kiefer verzog, hatte er das Gefühl, die Grimasse schnitt in sein Gesicht und spannte die Haut dermaßen, dass sie zu platzen drohte.

Mit einem Zug leerte er das Bier, knüllte die Blechdose ohne große Anstrengung zusammen und ließ sie fallen, ehe er sich den „Flachmann" zur Brust nahm. Wie Medizin, dachte Dieter.

Die Dosis reichte allerdings noch nicht aus, um den Kopfschmerz zu bannen. Trojanowsky kramte das Restgeld aus seiner Hosentasche und sortierte es auf dem Bistrotisch. Dann suchte er in seiner Jacke nach, ob sich dort noch einige Münzen versteckt hielten. Das Futter in den Taschen war zerrissen. Er konnte mit seiner Hand den gesamten Innenrand abtasten. Tatsächlich, noch ganze acht Euro waren hier.

„Dasselbe noch mal." Mit dem Jackenärmel wischte er sich unterhalb der Nase entlang. Die Schweißperlen rannen schon über seine Lippen. Es stellte aber für ihn noch lange keinen Grund dar, die wärmende Jacke abzulegen, um dann vielleicht auch noch seine Hemdsärmel aufkrempeln zu können. Trojanowsky rechnete mit den Fingern, wie oft er diese Bestellung wiederholen könnte. Es fiel ihm sichtlich schwer, die Preise zu addieren. Also schüttete er gelassen der Verkäuferin all seine Habseligkeiten auf die Theke und verlangte etwas „Hartes" für seine „Kohle".

Im nahe gelegenen Park zwitscherten Vögel ohne Unterlass und die Spatzen tobten auch vor der Imbissbude ausgelassen umher. Sie waren immer auf der Suche nach einigen Krümeln Essbaren. Der angetrunkene Mann schaute deren Spiel schon eine geraume Zeit missmutig zu. Allmählich wurde er wütend. Das mag schwer nachzuvollziehen sein, aber Dieter hatte das unbestimmte Gefühl, die Viecher spielten ihm etwas vor und zwitscherten nur so wagemutig, um ihn mit seinem bebenden Schädel zu vertreiben. Er fühlte sich belästigt.

„Wollen sie nicht lieber ein kleines Frühstück?" Die Frau hinter der Theke spielte verlegen mit einer Locke, die auf ihre Schulter baumelte.

Dabei rang sie sich ein Lächeln ab. Ohne eine Antwort zu geben oder auf die Frage durch Gesten zu reagieren, schluckte der Mann weiter seinen Gerstensaft und seinen Klaren.

War das auch so ein Versuch, ihn los zu werden? Er fühlte sich durch diese Aufforderung, so klang es jedenfalls für ihn, schikaniert. Seine Wut drängte ihn zwar nicht zu bestimmten Taten, er verspürte auch wenig Lust, über seine Handlungen Rechenschaft abzulegen, aber er fühlte sich ausgesprochen unbehaglich.

Zu vorgerückter Stunde wechselte das Publikum an der Imbissstube ständig. Wenige blieben länger als zwanzig Minuten. Kraftfahrer verschlangen eilig nebenbei eine Bockwurst, ein Rentnerehepaar gönnte sich nach dem Morgenspaziergang noch ein Tässchen Kaffee und einige Knirpse holten vom mageren Taschengeld einen Molly.

„Du bist wohl ein Frühaufsteher?" Verdutzt drehte sich Trojanowsky um und sah in das Gesicht eines älteren Mannes. Er war so um die sechzig, wirkte ein wenig zerzaust und nicht gerade so, wie man sich den soliden Opa von nebenan vorstellte. Er schaute mit einem freundlichen, aber forschen Blick zu den Angesprochenen nieder. „Als ich heute morgen in meinen Garten ging, sah ich dich schon hier sitzen und jetzt ist es immerhin fünf Stunden später." Dabei zeigte er mit einer schnellen Handbewegung auf seine Armbanduhr. „Verdammt heiß heute, nicht?", redete er weiter, „Aber es gibt Tage, da zieht es mich nach draußen." In jenem Moment wurde Trojanowsky die Person bewusst, die sich zu ihm gesellte. Er konnte ihn nicht mehr allzu deutlich erkennen, aber er wusste, dass er alt war und spürte aus irgendeinen Grund, dass er sich von all den Menschen, die im Laufe des Tages an ihm vorbeizogen, unterschied.

Darüber hinaus fühlte er bei der plumpen Anmache, dass sich eine Gelegenheit bot, in Gesellschaft weiter trinken zu können.

Sein Gefühl hatte ihn nicht enttäuscht. Der Alte bestellte, der Alte zahlte.

Irgendwann schloss die Imbissbude und zur Wegzehrung erwarb der Alte auch noch eine ganz Flasche Korn und einige Dosenbier. In seiner Geldbörse blieben noch ein paar Cent, doch aus der Hosentasche ragte ein Stückchen grünes Papier. Trotz des hohen Alkoholkonsums entging Trojanowsky dieser Anblick nicht.

Bei jeden anderen Menschen hätte mit so viel Promille im Körper bestimmt die Schwerkraft gesiegt. Dieter Trojanowsky und sein Kumpan torkelten grölend, aber aufrecht durch die Strassen.

Allmählich nervte der Alte. Sein ständiges Geschwätz rief in seinem Begleiter wieder die alte Wut hervor. Er wollte ihn los werden. Aber da war auch noch das Geld.

Aus heiterem Himmel schlug Trojanowsky den alten Mann ins Gesicht, drohte, er solle das Geld rausrücken und verschwinden, doch der reagierte nicht. Völlig außer sich vor Zorn begann Dieter mit den Füßen auf sein Opfer einzutreten. Auch als dieser schon am Boden lag, hielt er nicht inne. Er wollte ihn nur noch vertreiben, zerstören.

„Wie Sie wollen, Dieter Trojanowsky", redete der weniger zart besaitete Polizist auf ihn ein. „Ich werde sie jetzt mit nach unten nehmen und in eine Zelle einsperren."

Trojanowsky lächelte. Die Tat, die ihm vorgeworfen wurde, kam ihn gar nicht so schrecklich vor. Außerdem konnte er sich überhaupt nicht richtig erinnern.

Wie aus weiter Ferne vernahm er, dass sich die beiden im Raum befindlichen Männer berieten.

„Der ist völlig neben sich, nahe der Alkoholvergiftung. Wir sollten einen Arzt holen." „Wir versuchen es noch mal." Der Polizist kam auf Trojanowsky zu. „Also Herr Dieter Trojanowsky, von vorn, erzählen sie uns, was geschehen ist! Mit wem waren sie zusammen?"

Eigentlich hatte Dieter keine Lust dazu. Was geht die das an, wo er wann mit wem seine Zeit verbringt? Stelle ich solche Nachforschungen an, rebellierte es in seinem Kopf. Was wollen die von mir?

Manchmal schlossen sich seine Augenlider. Seine Glieder begannen zu schmerzen. Kraftlos hingen die Arme an seinem Körper herab. Alles bewegte sich vor seinem geistigen Auge im Kreis. „Ich habe jetzt genug", wollte er schreien, doch nur ein Rülpser, verbunden mit dem Geruch verdauten Gerstensaftes schwappte über seine Lippen.

Angewidert wich der Polizist zurück. „Sie haben ja eine Engelsgeduld." Der jüngere Polizist blickte bei diesen Worten seinen Kollegen geradewegs in die Augen. „Ich glaube, ich hätte schon vor Verzweiflung die Fassung verloren. Bei solchen Saufbrüdern, die dann nicht mehr wissen, was sie getan haben, könnte ich regelrecht ausrasten." „Das wäre aber unangebracht, mein Lieber. Vor allem, wenn Sie es mit potentiellen Tätern zu tun haben, sollten Sie Ihre Handlung im Vorfeld genauestens überdenken. Wissen Sie, was in deren Hirn so vor sich geht?"

„Versuchen Sie zu sprechen! Versuchen Sie, uns zu sagen, wie alles passiert ist!"

Als das Gesicht des Polizisten näher auf Trojanowsky zukam, verspürte er einen starken körperlichen Abscheu. Blonde Haare, keine markanten Gesichtszüge und eine blasse Haut mit Goldschimmer waren ihn zuwider.

Trojanowsky krächzte nur und kippte zur Seite.

Das Telefon klingelte. Wachtmeister Werner erhielt soeben die Nachricht vom Tod des Opfers.

Nach zwölf Stunden in der Ausnüchterungszelle begann das Verhör von neuem.

Der Polizist verlas die Anklage. Da riss Dieter Trojanowsky die Augen weit auf und begann wieder zu sprechen. „Lesen Sie das noch mal", flüstere er.

Es war früher Morgen, und sie hatten ihn wieder in den gleichen Raum hochgeholt, in dem sie ihn schon einen Abend zuvor befragt hatten.

„Ich muss Ihnen jetzt die Frage stellen, ob Sie eine Aussage machen wollen und Sie gleichzeitig darauf hinweisen, dass Ihre Aussage aufgezeichnet wird und gegen Sie verwendet werden kann."

Der zweite Polizist übernahm das Wort. „Warum zum Teufel haben Sie das denn überhaupt getan?" Es war das erste Mal, dass jemand diese Frage stellte.

Es war noch nicht einmal einen ganzen Tag her, dass er diesen unschuldigen, ahnungslosen und wehrlosen alten Mann nieder prügelte, aber Dieter konnte sich einfach an nichts Wesentliches erinnern. Filmriss nannte er das für gewöhnlich.

Trojanowsky hatte so viele Worte gehört, dabei gelitten, wieder Wut empfunden, nur dieses Mal über sich selbst, so dass er am liebsten „schuldig, schuldig" gerufen hätte, doch als er nun hören musste, dass sein Opfer an den Folgen seiner Verletzungen gestorben war, begann er zu weinen.

Diese verdammte Wut, ja sie musste es gewesen sein, wieso er zu solch einer Tat fähig gewesen war. An den Alkohol dachte er nicht.

Er erinnerte sich nicht an den Hergang der Gewalttat. Er erinnerte sich nur an dreckige Strassen, überfüllte Müllsäcke, schlechtgelaunte Passanten, an verschwitzte Gestalten und an die Tatsache, dass er sich jetzt fast schämte, dieses Leben zu führen.

Diese Einsicht kam jedoch zu spät.

Er las im Vernehmungsprotokoll heimlich das Motiv seiner Tat: „Niedere Beweggründe".